Linha do Tempo

JOSEPH ROTH
Confissão de um assassino
narrada em uma noite

TRADUÇÃO
Marcus Tulius Franco Morais

*mundaréu

© Editora Mundaréu, 2020

TÍTULO ORIGINAL
Beichte eines Mörders – erzählt in einer Nacht

A editora agradece ao Bundesministerium für Kunst, Kultur, öffentlichen Dienst und Sport, ministério do governo federal austríaco encarregado de assuntos culturais, pelo apoio à tradução desta obra.

O tradutor agradece o apoio do Europäisches Übersetzer-Kollegium – EÜK (Colégio Europeu de Tradutores de Straelen), da Kunststiftung Nordrhein-Westfalen – NRW (Fundação de Arte do Estado Alemão da Renânia do Norte-Vestfália) e do Deutscher Akademischer Austauschdienst – Daad (Serviço Alemão de Intercâmbio Acadêmico). Esta obra foi traduzida em Straelen, Alemanha, entre abril e junho de 2019.

COORDENAÇÃO EDITORIAL – COLEÇÃO LINHA DO TEMPO
Silvia Naschenveng

CAPA
Estúdio Pavio

DIAGRAMAÇÃO
Estúdio Dito e Feito

PREPARAÇÃO
Fábio Fujita

REVISÃO
Valquíria Della Pozza e Tamlyn Ghannam

Edição conforme o Acordo Ortográfico da Língua Portuguesa (1990).

Dados Internacionais de Catalogação na Publicação (CIP)
Angelica Ilacqua CRB-8/7057

Roth, Joseph, 1894-1939
  Confissão de um assassino : narrada em uma noite / Joseph Roth ; tradução de Marcus Tulius Franco Morais. –
São Paulo : Mundaréu, 2020.
  160 p.

ISBN 978-65-87955-00-1
Título original: Beichte eines Mörders – erzählt in einer Nacht

1. Ficção austríaca

I. Título II. Morais, Marcus Tulius Franco

20-2382   CDD At833

Índices para catálogo sistemático:
1. Ficção austríaca

2020
Todos os direitos desta edição reservados à
EDITORA MUNDARÉU LTDA.
São Paulo – SP
www.editoramundareu.com.br
vendas@editoramundareu.com.br

SUMÁRIO

APRESENTAÇÃO   7

NOTA EDITORIAL   11

Confissão de um assassino – narrada em uma noite   15

Le Tournon (18 rue de Tournon), onde Joseph Roth costumava escrever e receber os amigos durante seu exílio em Paris nos anos 1930 (@Leandro Varison, 2020).

APRESENTAÇÃO

Temos a alegria de trazer à luz mais uma obra de Joseph Roth (1894-1939), autor que acreditamos estar agora definitivamente vinculado a esta editora. É o terceiro título de Roth publicado pela Mundaréu; assim, em companhia de algumas poucas editoras, preenchemos uma injustificada lacuna no mercado editorial brasileiro no que diz respeito a um autor tão relevante.

Roth teve uma vida bastante trágica. Em parte, por sua condição de judeu austríaco vivendo em um período de pogroms, guerra mundial e crise econômica internacional. A isso se somaram o alcoolismo, um casamento inviabilizado pela doença psiquiátrica da mulher, o exílio, a situação de amigos também em fuga e o desespero. Em 1936, quando essas desventuras já se haviam apresentado e outras ainda se anunciavam, Roth lança este *Confissão de um assassino*, um livro vívido e que flerta com o romance *noir*, gênero tradicionalmente levado menos a sério.

Porém, não se engane o leitor: estamos diante de um legítimo Joseph Roth. Reconhecemos seu território – a parte do Leste Europeu que então integrava os impérios russo e austro-húngaro, as cidades desses impérios e Paris ("Os judeus do Leste Europeu vivem na França quase como Deus"¹). Reconhecemos suas personagens características – tipos marginalizados ou outro modo desajustados, seres involuntariamente deslocados, física, afetiva ou socialmente. Reconhecemos o recorrente retrato do poder que subjuga o destino das personagens e os eventos históricos que abalroam suas vidas, e a época vivida pelo autor – as primeiras décadas do século XX.

Estão presentes também a prosa melíflua de Roth, que torna tão envolvente a narrativa, a construção empática e detalhada da personagem principal, que faz parecer compreensível qualquer baixeza e até lógica qualquer insanidade sentimental, e a ambientação elaborada, que confere materialidade a diálogos e situações. Como diz Michael Hofmann, seu tradutor para o inglês, Roth deixa seu olhar ser capturado, enamora-se do detalhe.

Década de 1930. Numa noite, em um restaurante frequentado pelos muitos exilados russos então em Paris, o misterioso Golubtchik se põe a contar a alguns deles – boêmios predestinados, irrecuperáveis, desprovidos de qualquer glamour – sua história de colaboracionismo, dissimulação e assassinato nos anos que precederam a Primeira Guerra Mundial. Tal qual uma Sherazade da Volínia, Golubtchik conta histórias que perpassam vulnerabilidade social e aristocracia na Rússia czarista, a necessidade tão humana de reconhecimento, pacto fáustico, cinismo burocrático, amor e decepção, e assim, ao narrar as peripécias de um agente da polícia secreta que queria ser príncipe, proporciona uma poderosa análise quanto à natureza humana e a constante ameaça do mal. Golubtchik começa logo dizendo que se importa apenas com os aspectos privados da vida e que se limita a almejar para si (e para mais ninguém) o que julga ser seu por direito, embora tenha

---

1 Joseph Roth, *Judeus em exílio*, São Paulo, Mundaréu, 2017.

passado a vida aferrado a sua classe e origem. Contudo, não importa onde esteja e o que queira, a história o alcançará. Em Roth, o destino é implacável e totalmente indiferente a suas pequenas personagens.

Roth faz uma movimentada incursão no mundo dos serviços secretos, sem deixar de lado sua abordagem aguda e melancólica de reviravoltas históricas e questões morais.

São Paulo, março de 2020

*mundaréu

Nota editorial

A Okhrana, acrônimo de Otdeleniye po Okhraneniyu Obshchestvennoy Bezopasnosti i Poryadka (Departamento de Defesa da Ordem e Segurança Pública), foi estabelecida pelo czar Alexandre III logo após o assassinato de seu antecessor, Alexandre II, com o objetivo de combater atividades políticas de opositores a seu governo absolutista, atuando como polícia secreta entre 1881 e 1917.

A instituição dispunha de fundos e poderes extensos; sua missão era, na verdade, garantir a manutenção do regime autocrático. Suas práticas incluíam a infiltração de agentes em sindicatos, partidos, jornais, etc., e o incentivo a organizações de oposição consideradas "inofensivas", estimulando o esvaziamento, e de grupos mais organizados e críticos. Há espiões lendários – havia agentes infiltrados entre líderes bolcheviques –, bem como outros que, uma vez infiltrados, acabaram aderindo à causa dos opositores e passaram a ser agentes duplos. Além de agentes provocadores e infiltrados, a Okhrana recorria a métodos de tortura, sabotagem e divulgação de informações falsas. Há indícios de que ela estaria por trás da fabricação do documento

Protocolo dos Sábios do Sião (1903), que serviu – e desgraçadamente ainda serve – de base para inúmeras ações de cunho antissemítico.

A abertura de seus arquivos revelou que milhares de pessoas teriam sido assassinadas sem julgamento, nem mesmo acusação formal. A Okhrana era fortemente identificada com a opressão czarista. Sua sede foi saqueada e incendiada por revolucionários em 1917, e o órgão foi extinto após a Revolução de Outubro, sendo sucedido pela Cheka e, décadas depois, pela KGB (1954-1991).

Houve de fato um escritório parisiense da organização, criado para lidar com revolucionários exilados – Paris contava, à época, com um grande contingente de emigrados russos. Após o assassinato do czar Alexandre II, em 1881, desencadeou-se uma onda de pogroms na Rússia, pois, uma vez mais, a comunidade judaica foi vista como bode expiatório de boatos conspiratórios. Consequentemente, um grande fluxo migratório se iniciou, logo intensificado pelos deslocamentos – durante e logo após a Primeira Guerra Mundial, as revoluções (de 1905 e 1917) e a guerra civil na Rússia –, de habitantes do Leste Europeu, não apenas judeus. Paris era um dos destinos frequentes desse fluxo.

Confissão de um assassino – narrada em uma noite

Alguns anos atrás, morava eu na *rue* des Quatre Vents. Em frente às minhas janelas, localizava-se o restaurante russo Tari-Bari, onde com frequência eu costumava comer. Lá serviam, a qualquer hora do dia, sopa de beterraba, peixe assado e carne cozida. Às vezes, eu me levantava no fim do dia, quando os restaurantes franceses – que respeitam rigorosamente as horas reservadas para o almoço – começavam a se preparar para o jantar. No restaurante russo, porém, o tempo não tinha a menor importância. Da parede pendia um relógio de folha de flandres, que algumas vezes parava e outras se atrasava; parecia não querer indicar o tempo, mas sim ridicularizá-lo. Ninguém olhava para ele. A maioria dos clientes desse restaurante era formada por emigrantes russos. E mesmo aqueles que, em seu país, haviam chegado a adquirir certo senso de pontualidade e precisão, perdiam-no no estrangeiro ou tinham vergonha de manifestá-lo. Sim, era como se os emigrantes protestassem deliberadamente contra a atitude calculista da Europa Ocidental, essa atitude, tão calculada, de ir calculando tudo; ou como se se esforçassem não só para continuar sendo "autênticos russos", como também para continuar representando esse papel e assim corresponder à imagem que a Europa Ocidental tinha dos russos. E o relógio do restaurante Tari-Bari, que ora parava, ora se atrasava, era algo mais do que um mero acessório decorativo: era um símbolo. As leis do tempo pareciam ter sido abolidas. Às vezes, eu observava que até mesmo os taxistas russos, que sem dúvida tinham de cumprir horários de trabalho fixos, mostravam tão pouco interesse pelo transcorrer do tempo quanto os demais emigrantes que, sem profissão alguma, viviam da esmola de seus compatriotas abastados. Esses russos desempregados abundavam no restaurante Tari-Bari. Ficavam sentados ali a qualquer hora do dia, à noitinha e mesmo tarde da noite, quando o proprietário começava a acertar contas com os garçons, já com a porta de entrada fechada e uma única lâmpada acesa, sobre a caixa registradora automática de aço. Esses clientes deixavam o local com o proprietário e os garçons. A alguns deles, que não tinham casa ou estavam bêbados, o proprietário permitia passarem a noite no restaurante. Despertá-los era uma tarefa demasiado ingrata – quando enfim despertavam, viam-se obrigados a procurar outro abrigo na casa de outro compatriota. Como já mencionei, embora eu me levantasse muito tarde na maioria dos dias, nas manhãs em que por acaso me aproximava da minha janela podia ver que o Tari-Bari já estava aberto e "em plena atividade", como se diz no jargão de restaurantes. As pessoas entravam e saíam. Aparentemente tomavam o primeiro café da manhã lá, que inclusive podia ser um café da manhã alcoólico, pois via saírem cambaleando muitos dos que haviam entrado com pés firmes e seguros. Cheguei a identificar alguns rostos e pessoas. Entre estes, chamativos o suficiente para ficar gravados em minha memória, havia um homem que, de acordo com meus cálculos, podia ser encontrado no restaurante Tari-Bari a qualquer hora do dia. Pois, sempre que eu chegava à janela pela manhã, avistava-o ali, em frente à porta do restaurante, acompanhando ou cumprimentando os clientes. Toda vez que eu ia lá comer no fim da tarde, ele já ocupava alguma das mesas e conversava com os comensais.

Se eu entrava no Tari-Bari já tarde da noite, pouco antes do "fim do expediente" – como dizem os especialistas – para tomar um último trago, aquele estranho estava sentado junto ao caixa, ajudando o proprietário e os garçons a fazer as contas. Com o tempo, pareceu ir se acostumando à minha presença também e me olhava como uma espécie de colega. Concedeu-me a honra de ser um cliente habitual como ele e, depois de algumas semanas, já me cumprimentava com o sorriso familiar e eloquente que geralmente trocam entre si os velhos conhecidos. Devo admitir que, no começo, esse sorriso me perturbava, pois o rosto sincero e simpático do homem adquiria, ao sorrir, uma feição não exatamente repulsiva, mas ambígua. Seu sorriso não era luminoso, por isso não lhe iluminava o rosto, apesar de toda a cordialidade era sombrio; sim, deslizava pelo seu rosto como uma sombra, uma sombra amável. Assim, seria melhor que o homem não tivesse sorriso.

É claro que, por cortesia, eu lhe retribuía o sorriso, esperando que esse sorriso mútuo, naquele momento e mesmo por um longo tempo, fosse a única manifestação de nossas relações. Até me propus intimamente a não ir mais ao restaurante se aquele estranho me dirigisse a palavra um dia. Mas, com o tempo, abandonei também esse pensamento. Fui me acostumando com o sorriso sombrio, comecei a me interessar pelo cliente habitual, e logo senti despertar em mim até o desejo de conhecê-lo mais de perto. Já é hora de descrevê-lo com mais detalhes: era um homem alto e corpulento, de ombros largos e de cabelos loiros grisalhos. Com seus olhos azul-claros, brilhantes algumas vezes e nunca embaçados pelo álcool, olhava diretamente para seus interlocutores. Um bigode igualmente loiro grisalho, reto, abundante e bem cuidado separava a parte superior da inferior do rosto largo, que eram do mesmo tamanho.

Isso lhe dava um ar de enfado e insignificância, isto é: era um rosto sem nenhum mistério. Na Rússia, eu havia visto centenas de homens parecidos; na Alemanha e nos demais países, dezenas. Nesse homem alto e forte, chamavam atenção as mãos longas e delicadas, um passo suave, tranquilo e quase inaudível, e certos movimentos lentos, hesitantes e cautelosos. Às vezes isso me fazia pensar que seu rosto ocultava algum mistério, que sua sinceridade direta e clara seria apenas fingida, e que o homem só cravava seus olhos azuis em seus interlocutores porque devia pensar que, se não o fizesse, poderia dar-lhes algum motivo de desconfiança. No entanto, ao vê-lo, eu não podia deixar de pensar que, se ele conseguia passar uma impressão tão completa, ainda que ingênua, de sinceridade personificada, devia possuir realmente uma grande dose de sinceridade. Talvez aquele sorriso tão sombrio com que me acenava fosse só resultado da timidez, embora seus dentes grandes reluzissem e o bigode lançasse faíscas douradas, como se durante o sorriso perdesse sua tonalidade grisalha e se acentuasse o fundo loiro. É evidente que o homem foi ganhando mais e mais minha simpatia. Logo comecei a alegrar-me ao vê-lo cada vez que eu chegava diante da porta do restaurante, a alegrar-me tanto com ele como com meu costumeiro trago e com a saudação familiar do gordo e agradável proprietário.

    Eu nunca havia revelado no Tari-Bari que entendia russo. Mas, num dia em que me sentei a uma mesa com dois taxistas, fui interrogado sem rodeios sobre minha nacionalidade. Respondi que era alemão. Se tivessem a intenção de comentar segredos em minha presença, não importando o idioma escolhido, que esperassem, por favor, eu me afastar, pois eu entendia praticamente todas as línguas europeias. Como naquele mesmo instante foi liberada outra mesa, levantei-me e deixei os taxistas a sós com seus segredos. Dessa maneira, não puderam me perguntar o que obviamente havia sido sua intenção, se eu também entendia russo. Assim ninguém descobriu.

Todavia, isso lhes foi revelado um dia, ou melhor, uma noite, ou, para ser mais exato: em uma ocasião tarde da noite. E graças ao loiro grisalho, que estava sentado em frente ao bufê naquele horário, excepcionalmente silencioso e quase sombrio, se é possível usar esses qualificativos para sua pessoa.

Entrei pouco antes da meia-noite com a intenção de tomar um único trago e sair em seguida. Por isso nem sequer procurei uma mesa, permanecendo em pé ao balcão, ao lado de dois outros clientes notívagos, que também pareciam ter entrado em busca de um só trago, mas que, contrariando seu plano original, deviam ter chegado ali havia muito tempo, a julgar pela quantidade de copos vazios e semivazios diante deles, ainda que acreditassem não ter bebido mais que um só. Às vezes, o tempo passa tão rápido quando ficamos em pé junto ao balcão de algum bar, em vez de nos sentarmos. Pois, quando se senta a uma mesa, tem-se, a cada segundo, a magnitude do prazer, e o número de copos vazios nos lembrará do percurso dos ponteiros. Mas, se pensamos que vamos dar apenas "um pulo" em um bar, como se diz, e permanecemos em pé ao balcão, bebemos e bebemos convencidos de que todos os copos fazem parte daquele único "pulo" que havíamos planejado. Naquela noite pude constatar tudo isso na própria pele. Pois, igual àqueles dois, eu também bebi uma dose, e uma segunda, e uma terceira, sem sair do lugar, como as pessoas que estão permanentemente apressadas e atrasadas, que ao entrar em casa não tiram o casaco nem soltam a mão da maçaneta, querendo dizer até logo a qualquer momento e acabam, no entanto, ficando mais tempo do que se tivessem se sentado. Ambos os clientes conversavam em voz baixa com o proprietário, em russo. Era indubitável que o loiro grisalho só podia ouvir parte do que se falava ao balcão. Ele estava sentado a certa distância de nós, eu o via no espelho atrás da mesa de bufê, ele não parecia muito interessado em escutar algo da conversa nem participar dela.

Eu também, como costumava fazer, comportei-me como se não entendesse nada. Mas, de repente, uma frase ricocheteou, por assim dizer, em meus ouvidos, e foi impossível ignorá-la. Essa frase era: "Por que nosso assassino está tão sombrio hoje?". E aquele que a proferiu, um dos clientes, apontou com o dedo para a imagem do loiro grisalho refletida no espelho atrás do bufê. Involuntariamente me virei para o cliente habitual, revelando que havia entendido sua pergunta e, no mesmo instante, fui examinado com certo receio, embora especialmente com perplexidade. Os russos têm medo de espiões – não sem razão –, e eu queria evitar a todo custo que pensassem que eu era um. Mas, ao mesmo tempo, a insólita designação "nosso assassino" me interessou e decidi perguntar, em primeiro lugar, por que chamavam assim o loiro grisalho. Quando me virei, pude observar que o cliente denominado de maneira tão incomum também havia escutado a pergunta. Ele assentiu, sorrindo. Sem dúvida teria respondido em seguida se eu tivesse permanecido indiferente, e por um breve instante eu não teria sido motivo de dúvida e desconfiança.

"Então é russo?", perguntou-me o dono. Eu estava prestes a dizer "não", mas, para minha surpresa, o loiro grisalho, atrás de mim, respondeu: "Nosso amigo entende russo, mas é alemão. Sempre se manteve silencioso por discrição". "É isso", confirmei, virando-me para ele e acrescentando: "Muito obrigado, senhor!". "De nada!", respondeu, levantando-se e se aproximando de mim. "Meu nome é Golubtchik", disse, "Semion Semionovich Golubtchik". Apertamo-nos as mãos. O proprietário e os outros dois clientes riram. "Como sabe tanto sobre mim?", perguntei. "Não trabalhei na polícia secreta russa em vão", disse Golubtchik. Imediatamente inventei para mim mesmo uma história fenomenal. Esse homem, pensei, devia ser um ex-funcionário da Okhrana que matou algum informante comunista em Paris; por isso, esses emigrantes bielorrussos o designaram de maneira tão inofensiva e quase tocante de "nosso assassino", sem demonstrar medo algum diante dele. Sim, talvez os quatro atuassem em conluio.

"E onde aprendeu a nossa língua?", perguntou-me um dos clientes. Mas Golubtchik voltou a responder por mim: "Durante a guerra, esteve no *front* oriental e passou seis meses no chamado Exército de Ocupação". "Isso mesmo!", confirmei. "E mais tarde", prosseguiu Golubtchik, "voltou à Rússia, quer dizer, não mais para a Rússia, porém à União das Repúblicas Socialistas Soviéticas, como correspondente de um grande jornal. Ele é escritor". Esse relato tão exato sobre minha pessoa não me surpreendeu muito, pois eu já estava muito bêbado e, nesse estado, mal consigo distinguir entre o que é surpreendente e normal e óbvio. Assumi um tom muito educado e falei com certa dissimulação: "Agradeço muito pelo interesse que demonstrou por mim por tanto tempo, bem como pela distinção a mim conferida!". Todos riram. E o proprietário: "Ele fala como um velho conselheiro de chancelaria de São Petersburgo!". E assim dissiparam-se todas as dúvidas sobre a minha pessoa. Sim, até me observaram com um olhar benevolente, e se seguiram mais quatro rodadas, que todos bebemos à nossa saúde.

O dono se dirigiu à porta, trancou-a, apagou uma série de lâmpadas e pediu a todos que nos sentássemos. Os ponteiros do relógio de parede tinham parado às oito e meia. Eu não usava relógio, e me pareceu impróprio perguntar a hora a um dos clientes. Em vez disso, comecei a pensar que passaria metade da noite lá ou talvez a noite inteira. Diante de nós, havia ainda uma grande garrafa de destilado que, segundo meus cálculos, teríamos de esvaziar ao menos até a metade. Então perguntei: "E por que lhe deram aquela estranha denominação um momento atrás, Sr. Golubtchik?".

"É meu apelido", disse, "embora não seja apenas um apelido. Muitos anos atrás matei um homem e, como eu acreditava então, também uma mulher".

"Algum atentado político?", perguntou o proprietário, e então percebi que os outros também não sabiam nada, a não ser o apelido.

"De modo algum!", disse Semion. "Não tenho nenhuma relação com a política. Não me importo em absoluto com assuntos públicos. Na verdade, gosto do que é particular. Só isso me interessa. Sou um bom russo, embora um russo de uma região fronteiriça. Nasci na antiga Volínia. Nunca fui capaz de entender meus amigos de juventude, com seus desejos malucos de entregar a vida por qualquer ideia maluca ou, se quiserem, normal. Não! Acreditem em mim! A vida privada, a natureza humana simples, é mais importante, grandiosa e trágica do que todas as coisas públicas. Talvez isso pareça absurdo para as pessoas de hoje, mas é no que acredito e no que vou continuar acreditando até minha hora chegar. Eu nunca teria sido capaz de reunir suficiente paixão política para matar uma pessoa por esse motivo. Também não acredito que os criminosos políticos sejam melhores ou mais nobres do que outros; supondo, claro, que um criminoso, não importa de que tipo seja, possa ser uma pessoa nobre. Eu, por exemplo, matei e me considero uma boa pessoa. Uma besta, para ser franco: uma mulher, meus senhores, me levou ao crime."

"Muito interessante!", disse o proprietário.

"De jeito nenhum! Muito comum", disse Semion Semionovich modestamente. "E, no entanto, não de todo comum. Posso lhes contar minha história em poucas palavras. E verão que é uma história muito simples."

Começou. E a história não foi breve nem banal. Por isso, decidi escrevê-la aqui.

* * *

"Prometi aos senhores uma história breve", começou Golubtchik, "mas vejo que, pelo menos no início, terei de voltar no tempo; por isso, peço-lhes que não fiquem impacientes.

Já lhes disse há pouco que estou interessado apenas na vida privada. Tenho de voltar ao que foi dito. De fato, quis dizer que, se prestássemos atenção, inevitavelmente concluiríamos que todos os chamados grandes acontecimentos históricos podem ser atribuídos, na verdade, a uma ou várias circunstâncias estribadas na vida particular de seu autor. Ninguém se torna general, anarquista, socialista ou revolucionário à toa, isto é, sem ter alguma razão particular para sê-lo, e todos os grandes feitos, nobres ou infames, que de alguma forma transformaram o mundo são resultado de alguns acontecimentos sem importância e que ignoramos completamente. Eu lhes revelei há pouco que era um informante. Muitas vezes, quebrei a cabeça imaginando por que eu tinha sido escolhido para exercer um ofício tão execrável, sobre o qual não há bênção e que decerto não é bem-visto por Deus. Até hoje é assim: o diabo me tenta, sem dúvida. Como veem, hoje já não vivo disso, mas não posso abandoná-lo, não consigo. Com certeza há algum diabo da espionagem ou da delação. Quando estou interessado em uma pessoa, como esse senhor aqui, por exemplo, o escritor – Golubtchik acenou para mim –, não posso descansar, não vou descansar até descobrir quem ele é, como vive e de onde vem. Sei muito mais sobre o senhor do que imagina. Mora ali em cima e, às vezes, de manhã, olha pela janela vestindo seu roupão. Bem, não estamos aqui para falar sobre o senhor, mas sobre mim. Então continuemos. Não foi um serviço bem-visto por Deus, mas Seus desígnios inescrutáveis me haviam designado a ele.

Já sabem meu nome, meus senhores; prefiro dizer: meus amigos, pois ao contar algo é melhor dizer 'amigos', de acordo com o antigo e bom costume do país. Meu sobrenome é, como sabem, Golubtchik[2]. Eu lhes pergunto agora se isso é justo. Sempre fui alto e forte; quando garoto, já superava meus companheiros em estatura e força física; e tenho

---

2   Golubtchik significa pombinho em russo. (N.T.)

de ser chamado de Golubtchik! Mas há mais uma coisa: esse não era meu sobrenome verdadeiro, isto é, de acordo com o direito natural, por assim dizer. Pois esse era o sobrenome do meu pai legítimo. No entanto, meu verdadeiro sobrenome, meu sobrenome natural, o sobrenome de meu pai natural era: Krapotkin... e percebo que acabo de pronunciar esse sobrenome não sem uma certa soberba espúria. Como veem, eu era um filho ilegítimo. O príncipe Krapotkin possuía, como sabem, muitas propriedades em todas as regiões da Rússia. Um dia, sentiu vontade de comprar uma fazenda em Volínia. Tais pessoas tinham lá seus humores. Por esse motivo, ele conheceu meu pai e minha mãe. Meu pai era guarda-florestal. A princípio, Krapotkin estava determinado a demitir todos os empregados do proprietário anterior, mas, quando viu minha mãe, despediu todos, exceto meu pai. Foi assim que aconteceu. Meu pai, o guarda-florestal Golubtchik, era um homem simples. Imaginem um guarda-florestal comum, loiro, vestido com o uniforme próprio dos profissionais da guarda-florestal, e terão meu pai diante de seus olhos. O pai dele, meu avô, ainda era servo da gleba. Agora entenderão que o guarda-florestal Golubtchik não fazia objeção alguma ao fato de que o príncipe Krapotkin, seu novo senhor, visitasse minha mãe muitas vezes em horários em que as mulheres casadas, em nosso país, costumam estar ao lado do marido. Bem, não preciso entrar em mais detalhes: vim ao mundo nove meses depois, quando meu pai verdadeiro já se encontrava havia três em São Petersburgo. Ele enviou dinheiro. Era um príncipe e se comportava como um príncipe deve se comportar. Minha mãe não o esqueceu durante toda sua vida. Concluo isso pelo fato de ela não ter tido outro filho além de mim. Isso significa que, depois de sua história com Krapotkin, ela se recusou a 'cumprir seus deveres conjugais', como afirma o Código Civil. Eu lembro perfeitamente que o guarda-florestal Golubtchik e minha mãe nunca dormiram juntos na mesma cama. Minha mãe dormia na cozinha, em uma cama improvisada em um banco largo de madeira, logo abaixo de uma imagem sacra, enquanto o guarda-florestal ocupava sozinho a espaçosa cama de casal no quarto. Pois ele tinha renda suficiente para pagar uma sala e uma cozinha. Morávamos à beira da chamada 'floresta negra', porque havia também uma floresta clara, de bétulas, e a nossa era de pinheiros. Morávamos apartados, a cerca de duas ou três *verstas* da aldeia mais próxima, chamada Voroniaki. Meu pai legítimo, o guarda-florestal Golubtchik, era, por natureza, um homem amável. Nunca ouvi uma briga entre ele e minha mãe. Ambos sabiam o que existia entre eles, e nunca tocavam no assunto. Mas, um dia – eu devia ter naquela época uns oito anos de idade –, um agricultor de Voroniaki apareceu em nossa casa, perguntou pelo guarda-florestal, que estava fazendo a ronda pela floresta, e permaneceu sentado, mesmo quando minha mãe lhe informou que o esposo não voltaria para casa antes da noite. 'Não importa, tenho tempo!', minimizou o agricultor. 'Posso esperar até a noite, até a meia-noite, até mais tarde também. Posso esperar até ser preso. Para isso precisarão de um dia pelo menos!' 'E por que haveriam de prendê-lo?', perguntou minha mãe. 'Porque matei Arina, a filha de minhas entranhas, com minhas próprias mãos', respondeu sorrindo o agricultor. Eu estava agachado ao lado do fogão; nem minha mãe nem o agricultor prestaram a menor atenção em mim, mas a cena toda permaneceu nitidamente gravada em minha memória. Nunca a esquecerei! Jamais poderei esquecer como o fazendeiro sorriu e olhou para suas mãos estendidas enquanto pronunciava aquelas palavras terríveis. Minha mãe, que acabava de sovar uma massa, deixou a farinha, a água e um ovo meio vazio na mesa da cozinha, fez o sinal da cruz, juntou as mãos sobre o avental azul, aproximou-se da visita e perguntou: 'O senhor estrangulou sua filha Arina?'. 'Sim!', confirmou o agricultor. 'Mas por que, pelo amor de Deus?' 'Porque ela teve relações com seu marido, o guarda-florestal Semion Golubtchik. Não é esse o nome do seu guarda-florestal?' O agricultor disse tudo isso esboçando um sorriso, um sorriso mal dissimulado que apareceu por trás de suas palavras, como às vezes a lua o faz por trás de nuvens escuras. 'É minha culpa', disse minha mãe. Ainda ouço suas palavras como se ela as tivesse pronunciado ontem. Eu não as esqueci, embora naquele momento não as entendesse. Ela voltou a fazer o sinal da cruz e me pegou pela mão. Deixou o agricultor em nossa casa e caminhou comigo pela floresta, gritando o tempo todo: 'Golubtchik!'. Mas não obteve resposta. Voltamos para casa, e o agricultor ainda estava sentado lá. 'O senhor quer um pouco de sêmola?', perguntou minha mãe, quando começamos a comer. 'Não!', disse o nosso convidado em um tom educado e sorridente, 'mas, se acaso tivesse *samogon*, eu não recusaria'. Minha mãe serviu-lhe o destilado de nossa produção caseira. Ele bebeu, e lembro-me perfeitamente de que jogou a cabeça para trás e de que em seu pescoço, coberto de pelos, dava para ver o destilado escorrendo pela garganta. Ele bebeu, e bebeu sem sair do lugar. Por fim, quando o sol se pôs – devia ser um dos primeiros dias de outono –, meu pai apareceu. 'Ó, Pantaleimon!', disse. O agricultor levantou-se e disse calmamente: 'Peço-lhe para sair!'. 'Por quê?', perguntou o guarda. 'Porque', respondeu com a mesma calma o agricultor, 'acabei de assassinar Arina'. O guarda-florestal Golubtchik saiu imediatamente. Ficaram do lado de fora por um longo tempo. Não sei o que falaram, só sei que ficaram muito tempo lá fora. Provavelmente uma hora. Minha mãe ficou ajoelhada diante do ícone na cozinha. Não se ouvia um único ruído. Já estava escuro. Minha mãe não acendeu a luz. A pequena lâmpada vermelho-escura sob a imagem sacra era a única luz na sala, e eu, que nunca antes havia tido medo, agora temia. Minha mãe passou todo o tempo ajoelhada, rezando, e meu pai não voltava. Eu estava agachado ao lado do fogão. Finalmente, depois de três horas ou mais, ouvi passos e muitas vozes na frente de nossa casa. Quatro homens carregavam meu pai. O guarda-florestal Golubtchik devia ter um peso considerável. Chegou sangrando por todos os cantos, se me permitem a expressão. Provavelmente o pai de sua amante o havia deixado assim.

Bem, vou tentar abreviar. O guarda-florestal Golubtchik nunca mais se recuperou dos golpes. Não pôde mais exercer sua profissão. Morreu algumas semanas depois e foi enterrado em um gélido dia de inverno. Ainda lembro bem como os coveiros, que vieram buscá-lo, tiveram de bater as mãos em volta de si para se aquecer, embora estivessem usando grossas luvas de lã. Colocaram meu pai Golubtchik em um trenó, e minha mãe e eu nos instalamos em outro. Durante a viagem, a geada iluminada me espargia o rosto com centenas de milhares de delicadas agulhas de cristal. Eu estava realmente feliz. O enterro do meu pai faz parte das lembranças mais alegres da minha infância.

Passons!, como dizem na França. Não demorou muito para eu começar a frequentar a escola. Por ser um menino inteligente, logo me inteirei de que era filho de Krapotkin. Percebi isso no comportamento do professor e também em um memorável dia de primavera, quando o próprio Krapotkin veio visitar nossa propriedade. Decoraram Voroniaki pendurando guirlandas nas duas extremidades da rua principal do vilarejo. Formou-se até mesmo uma banda com instrumentos de sopro, à qual alguns cantores se juntaram, e começaram a ensaiar uma semana antes, sob a regência do nosso professor. Mas minha mãe não me deixou ir à escola naquela semana, e eu só soube de todos os preparativos por métodos, de certa forma, irregulares. Um dia, Krapotkin de fato apareceu lá. Dirigiu-se diretamente à nossa casa. Deixou que a rua do vilarejo com guirlandas não fosse mais do que uma rua de vilarejo com guirlandas, e os músicos, músicos de rua, e os cantores, cantores, e foi direto à nossa casa. Tinha um belo cavanhaque escuro, ligeiramente prateado, cheirava a charuto, e suas mãos eram muito longas, muito magras, muito secas e até duras.

Ele me acariciou, me fez perguntas, me fez dar algumas voltas e examinou minhas mãos, minhas orelhas, meus olhos e meus cabelos. Depois, disse que minhas orelhas estavam sujas e minhas unhas também. Tirou do bolso do colete um canivete de marfim e, pegando uma tábua de madeira comum, esculpiu um homem com barba e braços longos em dois ou três minutos (soube mais tarde que ele era chamado de 'entalhador'). Então falou baixinho com minha mãe, e depois nos deixou.

Desde aqueles dias, meus amigos, percebi que eu não era filho de Golubtchik, mas, sim, de Krapotkin. Doeu-me muito, é claro, o fato de o príncipe não se dignar a passar pela rua enfeitada nem escutar a música e as canções. Na minha imaginação, o melhor teria sido se ele tivesse chegado à aldeia ao meu lado, em uma carruagem grandiosa tracionada por quatro cavalos brancos como a neve. Desse modo, eu teria sido reconhecido como o legítimo e glorioso herdeiro do príncipe por todo mundo, ou seja, pelo professor, pelos camponeses, pelos servos e até pelas autoridades; e as canções, a música e as guirlandas teriam sido dedicadas a mim, mais do que ao meu pai. Sim, meus amigos, assim eu era naquela época: presunçoso, vaidoso, assediado por uma fantasia sem limites e extremamente egoísta. Naquela ocasião, não pensei nem por um momento em minha mãe. Embora, de certa maneira, eu entendesse que era uma desonra para uma mulher ter um filho de um homem que não era seu marido legítimo, a desonra de minha mãe carecia, no entanto, de importância, como a minha própria. Ao contrário, fiquei feliz e até me orgulhava de saber que não só tinha uma distinção especial por nascimento como também era filho biológico do nosso príncipe. Mas então, depois que isso se tornou tão incontestável e claro como o dia, o sobrenome Golubtchik não fez nada além de me aborrecer ainda mais, sobretudo por causa do tom sarcástico com o qual todos o pronunciavam desde a morte do guarda-florestal e desde que o príncipe esteve na casa da minha mãe. Todos pronunciavam meu sobrenome com um tom muito particular, como se não fosse um sobrenome honesto e legal, mas um apelido. E isso me aborrecia ainda mais, já que sempre considerei esse sobrenome como algo ridículo e inadequado à minha pessoa: Golubtchik!, um apelido zombeteiro, mesmo nos tempos em que costumavam pronunciá-lo com certa honestidade inofensiva. Assim, com essa celeridade impetuosa, alternavam-se no meu jovem coração os sentimentos: sentia-me humilhado ou aviltado, e logo em seguida – ou melhor, ao mesmo tempo – mais uma vez valorizado e respeitado; e, às vezes, todos esses sentimentos se impunham em mim de uma só vez e lutavam uns com os outros: monstros cruéis, meus amigos, muito cruéis para um peito tenro de menino.

Era evidente que o príncipe Krapotkin mantinha sobre mim sua mão poderosa e indulgente. Ao contrário de todos os demais garotos do nosso vilarejo, aos onze anos fui transferido para o instituto de D. Uma série de indícios logo me revelaram que, ali também, os professores conheciam o segredo da minha origem, o que não me animava muito. Mas de qualquer forma seguia incomodado com o meu sobrenome ridículo. Cresci rapidamente em altura e quase tão rapidamente em largura; e continuei a ser chamado de Golubtchik.

Quanto mais crescia, mais isso me machucava. Eu era um Krapotkin e tinha o direito – mas que diabos! – de me nomear Krapotkin. Decidi esperar um pouco mais. Talvez um ano. Talvez nesse lapso de tempo o príncipe refletisse e voltasse um dia para me conceder – de preferência diante dos olhos de todas as pessoas que me conheciam – seu sobrenome, seu título e todas as suas lendárias propriedades. Eu não queria desonrá-lo. Eu estudava com afinco e perseverança. Meus professores estavam satisfeitos comigo. Em nada disso, meus amigos, havia o menor indício de autenticidade; a única coisa que me impelia era uma vaidade diabólica e nada mais. Logo sentiria seus efeitos mais violentos. Logo realizaria minha primeira ação, ainda não ignóbil, é verdade. Vocês a ouvirão em seguida."

* * *

"Eu havia proposto esperar um ano inteiro, embora logo após eu ter tomado essa decisão começasse a pensar que talvez um ano fosse tempo demais. Sem demora, tentei reduzir alguns meses, pois a impaciência me atormentava. Mas, ao mesmo tempo, dizia a mim mesmo que ser impaciente e afastar-se de suas decisões era algo indigno de um homem destinado a uma ambiciosa escalada, pois naquela época, meus amigos, eu me considerava um desses homens. Além disso, logo encontrei apoio para minha determinação na convicção supersticiosa de que o príncipe devia ter percebido havia muito tempo, de uma maneira misteriosa e quase mágica, o que eu exigia dele. Pois, algumas vezes, eu imaginava possuir poderes mágicos e estar constantemente unido a ele, de maneira natural, como a meu pai biológico, embora milhares de *verstas* nos separassem. Essa ilusão me tranquilizava e continha minha impaciência temporariamente. Mas, assim que o ano acabou, senti-me duplamente autorizado a lembrar o príncipe de seus deveres para comigo. Porque a espera de um ano inteiro não me pareceu um mérito menor. Além disso, pouco tempo depois aconteceu algo que, na minha opinião, veio mostrar que até a Providência aprovava meus planos. Foi logo depois da Páscoa, já em plena primavera. Nessa época do ano, sempre senti – e ainda hoje sinto – um vigor renovado no coração e nos músculos, e a convicção bastante grande, insensata e infundada de que eu poderia realizar qualquer ação impossível. Pois um dia, na pensão em que eu estava hospedado, houve uma estranha coincidência de eu ter sido testemunha de uma conversa que tiveram, no quarto contíguo ao meu, o proprietário da pensão e um estranho que não pude identificar. O que eu não teria dado para ver aquele homem e falar-lhe pessoalmente! Mas não podia revelar minha presença. Aparentemente, pensaram que eu não estava em casa, ou pelo menos não no meu quarto. O fato é que eles não poderiam ter suspeitado que eu estivesse em casa naquele momento, pois eu tinha retornado ao meu quarto por mero acaso. Meu anfitrião, um funcionário dos correios, conversava em voz muito alta com o estranho no corredor. As primeiras palavras que ouvi me fizeram presumir que o estranho devia ser o encarregado do príncipe que pagava minhas despesas de alimentação, hospedagem e roupas todos os meses. Aparentemente, meu anfitrião exigira um aumento que o encarregado do príncipe se recusou a aceitar. 'Pois já lhe digo', ouvi o estranho dizer, 'que não vou poder entrar em contato com ele antes de um mês. Está em Odessa, onde ficará seis ou oito semanas. E não quer ser incomodado. Não abre carta alguma e vive em total isolamento. Passa o dia inteiro olhando o mar, sem se preocupar com nada. Repito, não vou conseguir contatá-lo'.

'E quanto tempo mais vou ter de esperar, meu caro?', retrucou meu anfitrião. 'Desde que o rapaz mora aqui, tive trinta e seis rublos de despesas extras; quando ele ficou doente, o médico veio vê-lo seis vezes. E não me ressarciram um único centavo.' Sabia, a propósito, que meu anfitrião estava mentindo. Eu nunca estivera doente. Mas, naquele momento, não dei importância ao assunto. O que efetivamente me perturbou foi o simples fato de Krapotkin morar em Odessa, em uma casa isolada à beira-mar. Uma grande tempestade irrompeu em meu coração. O mar, a casa isolada, a idiossincrasia de o príncipe não ter nenhum contato com o mundo durante seis ou até oito semanas: tudo isso me magoava profundamente. Parecia que o príncipe se isolara só para não ouvir mais falar de mim, como se não temesse ninguém além de mim neste mundo.

Então é isso, pensei comigo mesmo. Um ano atrás, o príncipe soube da minha decisão como que por mágica. Uma fraqueza compreensível impediu-o de reagir. Agora que o ano chegava ao fim, começava a ter medo e se escondia. Devo acrescentar, para que me conheçam totalmente, que fui capaz de sentir uma ligeira sensação de magnanimidade em relação ao príncipe, pois não demorou para ele começar a me inspirar pena. Senti-me inclinado a interpretar sua fuga como uma fraqueza desculpável. Naquela época, fui imprudente ao superestimar minhas próprias forças. Se todo o meu plano absurdo de coagir o príncipe era uma presunção ridícula, a magnanimidade pueril com a qual eu queria perdoá-lo por suas supostas debilidades já era algo patológico, ou, como diriam os médicos: um 'estado psicótico'.

Uma hora depois de ouvir a conversa mencionada anteriormente, decidi ir à casa da minha mãe com o último dinheiro que ganhei dando aulas. Eu não a via desde o Natal. Quando a vi daquela vez – ela, aliás, se assustou por causa de minha chegada abrupta –, percebi de imediato que estava doente e muito envelhecida. Durante os poucos meses que deixei de vê-la, seus cabelos haviam embranquecido. Isso me assustou. Pela primeira vez, pude observar, no ser humano mais próximo que eu tinha no mundo, os traços do envelhecimento inexorável. Como eu ainda era jovem, não via na velhice outra coisa senão a morte. Sim, as mãos sinistras da morte já haviam roçado a cabeça da minha mae, deixando seus cabelos murchos e prateados. Em breve ela morrerá, pensei, sinceramente abalado. E a culpa, continuei pensando, será do príncipe Krapotkin. Pois, como entenderão, eu estava ansioso para culpar o príncipe mais do que ele já o era aos meus olhos. Quanto mais o culpava, mais correta e legítima minha empresa me parecia.

Então contei à minha mãe que tinha ido até lá só por algumas horas, para ocupar-me de um assunto extremamente estranho e misterioso. No dia seguinte, teria de ir a Odessa. A razão não era outra senão que o príncipe mandara me chamar, e seu encarregado tinha se apresentado na minha pensão no dia anterior para me entregar a mensagem. Acrescentei que ela, minha mãe, era a única pessoa com quem eu havia comentado sobre esse assunto. E ela não deveria, por favor, dizer nada a respeito, enfatizei em um tom inocente e solene. Insinuei que o príncipe poderia estar doente, à beira da morte.

Mas, assim que fiz essa alusão falaciosa, minha mãe, que ouvira tudo em silêncio, encolhida na soleira da porta de madeira da nossa casa, levantou-se de súbito. O sangue afluiu ao seu rosto, lágrimas escorreram por suas faces, e ela, então, abriu os braços antes de juntar as mãos. Vi que a tinha assustado, pressenti o que ela ia me dizer, e eu também fiquei horrorizado. 'Nesse caso, tenho de ir com você!', disse. 'Vamos lá, vamos rápido, rápido, ele não pode morrer, ele não pode morrer, tenho de vê-lo, tenho de vê-lo!' Tão grande e, eu diria, sublime era o amor daquela mulher simples que era minha mãe. Fazia muitos anos desde que sentira o último beijo de seu amado, mas aquele beijo permanecia tão vivo em seu corpo como se o tivesse recebido no dia anterior. A própria morte a havia tocado, mas nem mesmo aquele toque gelado conseguira apagar ou relegar ao esquecimento as carícias do amado. 'Ele escreveu para você?', minha mãe quis saber. 'Acalme-se!', respondi. Como ela não sabia ler nem escrever, permiti-me outra mentira ainda mais abominável: 'Ele me escreveu algumas linhas de próprio punho, de maneira que tão mal não deve estar', disse a ela.

Ela se acalmou momentaneamente e me beijou. Não me envergonhei de receber seu beijo. Deu-me vinte rublos: um pequeno pacote de pesadas moedas de prata, envolto em um lenço azul. Coloquei-o na camisa, acima do cinto.

E fui direto para Odessa."

* * *

"Sim, meus amigos, fui a Odessa com a consciência limpa e sem nenhum sinal de arrependimento. Tinha meu objetivo em vista e nada poderia me impedir. Cheguei em um dia radiante de primavera. Pela primeira vez, vi uma cidade grande. Não era uma cidade grande russa como as outras, mas, acima de tudo, um porto; além disso, a maioria de suas ruas e edifícios – como me haviam dito – era disposta de acordo com modelos genuinamente europeus. Talvez Odessa não fosse comparável a São Petersburgo, aquela São Petersburgo que eu carregava em minha imaginação. Mas Odessa também era uma cidade enorme, gigantesca. Localizada à beira-mar. Tinha um porto. Foi a primeira cidade para onde viajei sozinho e de livre e espontânea vontade, a primeira estação maravilhosa em meu maravilhoso caminho 'ascendente'.

Quando saí da estação, apalpei meu dinheiro embaixo da camisa. Ainda estava ali. Aluguei um quarto em uma pequena pensão próxima ao porto. Na minha opinião, era necessário morar o mais perto possível do príncipe. E, como ouvira dizer, ele morava em uma casa 'à beira-mar', então supus que ficasse perto do porto. Não duvidei nem por um segundo que, assim que o príncipe soubesse da minha chegada, me imploraria para que eu me instalasse em sua casa. Nesse caso, não estaria longe. Eu ardia de curiosidade para saber a localização de sua misteriosa residência e presumi que todos em Odessa deveriam saber onde era. Mas não me atrevi a perguntar ao proprietário da pensão. Foi o medo que me impediu de fazer indagações de forma tão direta, mas também uma espécie de arrogância. Já me via como um príncipe Krapotkin e fiquei contente por ter chegado incógnito, como se diz, em uma pensão tão barata sob o ridículo sobrenome Golubtchik. Decidi, então, perguntar ao primeiro policial que pudesse encontrar. Mas primeiro desci ao porto. Caminhei devagar pelas ruas animadas da cidade grande, parando diante de todas as vitrines, sobretudo as que expunham bicicletas e facas, e fiz vários planos de compra. No dia seguinte, ou em dois dias, eu poderia comprar tudo o que quisesse, até mesmo um novo uniforme escolar. Levei um bom tempo até chegar ao porto. O mar era de um azul profundo, cem vezes mais azul do que o céu e ainda mais bonito, porque podia ser tocado com as mãos. E, assim como as nuvens flutuavam inatingíveis no céu, barcos grandes e pequenos deslizavam, brancos como a neve, mas ao mesmo tempo concretos e palpáveis, próximos à costa. Um entusiasmo indescritível tomou meu coração, fazendo-me esquecer o príncipe por uma hora. No porto, vários navios aguardavam, balançando-se suavemente, e, quando me aproximei, pude ouvir a água azul batendo, delicada e infatigavelmente, contra a madeira branca e macia e o ferro escuro e duro. Vi como os guindastes, imensos pássaros de aço, atravessavam o ar e, através de suas gargantas de ferro, vomitavam suas cargas enormes e pardacentas nos navios que as aguardavam. Todos vocês, meus amigos, sabem o que se sente quando se olha, pela primeira vez na vida, o mar e um porto. Não quero retê-los com descrições mais detalhadas.

Depois de algum tempo, senti fome e entrei em uma confeitaria. Eu estava numa idade em que, quando se tem fome, não se vai a um restaurante, mas a uma confeitaria. Comi até ficar satisfeito. Acho que chamei atenção com a minha gula. Fui devorando um bolo atrás do outro – eu tinha dinheiro no bolso –, bebi duas xícaras de chocolate muito adoçado e estava prestes a sair quando um homem, de repente, se aproximou da minha mesinha e disse algo que não entendi de pronto. Naquele primeiro momento, devo ter ficado com muito medo. Só quando o homem continuou falando, comecei a entender bem aos poucos. Aliás, ele falava com um sotaque estrangeiro. Percebi imediatamente que não era russo, e essa simples constatação suplantou meus primeiros temores, despertando em mim uma espécie de orgulho. Eu não sei ao certo por que, mas acho que nós, russos, costumamos nos sentir lisonjeados com a oportunidade de interagir com um estrangeiro. Por 'estrangeiros', entendemos os europeus, isto é, aquelas pessoas que talvez tenham muito mais inteligência do que nós, embora valham bem menos. Às vezes, parece-nos que Deus agraciou os europeus, mesmo que esses não acreditem n'Ele, e talvez não acreditem n'Ele simplesmente porque receberam muito de Suas mãos. Então, tornam-se arrogantes e pensam que eles mesmos criaram o mundo, com o qual afirmam estar insatisfeitos, embora, na sua opinião, eles sejam responsáveis pelo que acontece nele. Você vê – pensei comigo mesmo enquanto observava o estrangeiro –, algo especial você tem de ter para um europeu o interpelar assim, logo de cara. Ele é muito mais velho, talvez dez anos mais velho do que você. Seja educado com ele. Mostre-lhe que você é um estudante russo do ensino médio e não um camponês comum...

Observei, então, o estranho: era o que se chama de dândi. Tinha na mão um chapeuzinho-panamá fino e macio, daqueles que são impossíveis de comprar em qualquer parte da Rússia, e uma bengala de cabo amarelo com empunhadura de prata. Ele usava um pequeno casaco amarelado de seda crua russa, calças brancas com delicadas listras azuis e um par de botas amarelas. Em vez de um cinto, cingia sua barriguinha macia a metade, ou melhor, um quarto de um colete de tecido branco, plissado, preso por três maravilhosos botõezinhos de madrepérola iridescentes. Notável era a corrente de ouro trançada de seu relógio, com uma grande carabina no centro e muitos berloques delicados: um revólver minúsculo, uma faquinha, um palito de dentes e um guizo gracioso e pequenino. Tudo de ouro puro. Também me lembro perfeitamente do rosto do homem. Seus cabelos, espessos e pretos como breu, estavam repartidos ao meio por uma risca; a testa era bastante estreita, e o bigodinho, mínimo, curvava-se para cima, de modo que as pontas lhe penetravam diretamente as narinas. A cor da pele era pálida e esbranquiçada, o que geralmente é chamado de 'interessante'. O homenzinho todo me dava a impressão de ser um senhorzinho nobre e delicado, procedente de alguma região europeia. Aparentemente, pensei comigo mesmo, ele não teria interpelado um russo comum, como aqueles que frequentam essa confeitaria. Mas seu olhar de conhecedor europeu imediatamente descobriu que eu era especial, um príncipe autêntico, sem dúvida, embora ainda anônimo.

'Vejo', disse o estranho homenzinho, 'que o senhor é um estrangeiro em Odessa! Eu também sou. Não sou russo. Então, de certa forma, somos companheiros de ventura!'

'Cheguei hoje', revelei.

'E eu, há uma semana!'

'De onde o senhor é?, perguntei.

'Sou húngaro, de Budapeste', respondeu, 'permita-me apresentar-me: meu nome é Lakatos, Jenö Lakatos.'

'Mas o senhor fala russo muito bem!'

'O estudo, o estudo, caro amigo!', ponderou o húngaro, batendo-me suavemente no ombro com a empunhadura de sua bengala. 'Nós, húngaros, temos um grande talento linguístico!'

Como a pressão da bengala no meu ombro era desagradável, afastei-a, ele se desculpou e sorriu, expondo seus dentes brancos, brilhantes e um tanto perigosos, assim como uma pequena parte da gengiva vermelha mais acima. Seus olhos negros brilhavam. Eu nunca vira um húngaro, mas tinha uma ideia exata deles com base no que sabia sobre sua história. Não posso dizer que os meus conhecimentos tenham despertado em mim algum tipo de respeito por esse povo que, na minha opinião, era ainda menos europeu do que nós. Eles eram tártaros que haviam se infiltrado na Europa e ali permaneceram. Eram súditos do imperador austríaco, o qual os valorizava tão pouco que, quando se rebelaram, pediu ajuda aos russos. Nosso czar ajudou o imperador austríaco a subjugar os rebeldes húngaros. Talvez eu não tivesse me envolvido com aquele senhor Lakatos se ele, de repente, não tivesse feito algo surpreendente, que me suscitou enorme respeito. Ele tirou um pequeno frasco do bolsinho esquerdo do seu quarto de colete plissado, borrifou a lapela, as mãos e a larga gravata azul pontilhada de branco; e imediatamente um suave aroma se espalhou e me deixou quase entorpecido. Era, como então supus, uma fragrância deveras celestial. Não pude opor-lhe resistência. Quando ele propôs que jantássemos juntos naquela noite, levantei-me imediatamente e obedeci.

Notem, meus amigos, quão cruel Deus foi comigo quando colocou aquele perfumado cavalheiro no primeiro cruzamento que tive de atravessar em meu caminho. Sem esse encontro, minha vida teria tomado um curso totalmente diferente.

Mas Lakatos me conduziu diretamente ao inferno. E posso dizer que até o perfumou.

Então fomos, o senhor Lakatos e eu. Só depois de termos caminhado pelas ruas por muito tempo, percebi, de repente, que meu companheiro claudicava, embora muito levemente: algo quase imperceptível, que não era exatamente um claudicar, mas uma espécie de pequena curva ornamental que seu pé esquerdo desenhava na calçada enquanto andava. Nunca mais vi uma claudicação tão graciosa; não era uma deficiência, mas um refinamento, uma aptidão, e esse fato me assustou muito. Devo dizer-lhes que, naquela época, eu era incrédulo e também imensamente orgulhoso da minha incredulidade. Considerava-me muito inteligente porque, apesar dos meus poucos anos, pensava já saber que o céu era composto de atmosfera azul e não tinha anjos nem deuses. Embora eu sentisse a necessidade de acreditar em Deus e nos anjos, embora na realidade eu lamentasse muito não ver nada além da atmosfera azul em todo o céu, e em todos os eventos da terra, pura casualidade cega, era impossível eu renunciar à arrogância dos meus conhecimentos estúpidos e ao orgulho que eles me conferiam; a tal ponto que, apesar do meu desejo de adorar a Deus, me via forçado a adorar, de certa maneira, a mim mesmo. Mas, quando observei em meu companheiro essa claudicação graciosa e, quase diria, amável e insinuante, pensei sentir num instante que ele fosse um enviado do inferno e não um homem, um húngaro ou um Lakatos; de repente, percebi que minha incredulidade não era perfeita, e a tolice, que naquela época eu chamava de minha 'cosmovisão', apresentava várias lacunas. Pois embora eu tivesse deixado de acreditar em Deus, o medo do diabo e minha fé nele ainda estavam bastante vivos dentro de mim. E se eu havia sido capaz de dar uma boa varrida nos sete céus, não consegui limpar o inferno de todos os seus horrores. Sem dúvida, o senhor Lakatos claudicava, mas no começo fiz tudo o que podia para tirar essa ideia da cabeça e negar aquilo que meus próprios olhos viam com clareza. Então eu disse a mim mesmo que os seres humanos também podem claudicar, é claro, e comecei a me lembrar de todos os coxos que conhecia: nosso carteiro Vassili Kolohin, por exemplo, o lenhador Nikita Melaniuk e o dono da cervejaria de Voroniaki, Stefan Olepszuk. Mas, quanto mais claramente eu evocava aqueles homens coxos conhecidos, mais a diferença entre suas deficiências e a de meu novo amigo era acentuada. Às vezes, pensando que ele não podia perceber e assim se ressentir, eu ficava dois ou três passos atrás e o observava com discrição. Não, não havia dúvida, ele realmente claudicava. Visto de trás, seu jeito de andar era ainda mais curioso, estranho e quase mágico; era como se ele estivesse de fato desenhando com o pé esquerdo sinais redondos e invisíveis no chão, e sua bota esquerda, amarela, pontiaguda e de extrema elegância, pareceu-me de repente – embora apenas por alguns segundos – visivelmente mais comprida do que a direita. Por fim, não aguentei mais e, para provar a mim mesmo que havia sofrido outra chamada 'recaída' em minhas antigas 'crenças supersticiosas', decidi perguntar ao senhor Lakatos se ele de fato mancava. Procedi, no entanto, com extrema cautela, ponderei algumas vezes a melhor maneira de abordá-lo e, no final, eu lancei: 'O senhor machucou o pé esquerdo ou é a bota que está apertada? Parece-me estar mancando'. Lakatos parou, segurou-me pela manga para que eu também parasse, e disse: 'Como percebeu? Devo dizer-lhe, jovem amigo, que tem olhos de águia, sim! Olhos extraordinários! Realmente! Até agora, poucas pessoas notaram. Mas acho que posso lhe contar. Não faz muito tempo que nos conhecemos e, no entanto, já me sinto como um velho amigo seu, um irmão mais velho, poder-se-ia dizer. Bem, não machuquei o meu pé, e minhas botas estão perfeitas. Simplesmente nasci assim: manco desde que comecei a andar, e com os anos fui transformando minha deficiência em uma espécie de artifício elegante. Aprendi equitação e esgrima, jogo tênis, pratico salto em altura e salto em distância com facilidade, posso caminhar por horas e até escalar montanhas. Também sei nadar e andar de bicicleta perfeitamente. Saiba, caro amigo, a natureza nunca é tão generosa como quando nos concede uma pequena deficiência. Se eu tivesse vindo ao mundo sem defeito, provavelmente não teria aprendido nada'.

Enquanto ia dizendo isso, Lakatos me segurava, como mencionei, pela manga. Tinha se apoiado na parede de uma casa, e eu estava de frente para ele, quase no meio da calçada bastante estreita. Era uma tarde clara e alegre. As pessoas passavam por nós com um ar descontraído e faceiras, o sol da tarde dourava seus rostos, e todo mundo parecia encantador e radiante. Só eu não estava assim, pela simples razão de que tinha de ficar com Lakatos. Às vezes, pensava em deixá-lo no momento seguinte, e até tive a impressão de que ele não apenas me segurava pela manga, mas também, de certo modo, pela alma, como se tivesse pegado uma pontinha dela e não quisesse soltá-la. Naquela época, eu não sabia montar a cavalo nem andar de bicicleta, e de repente me pareceu vergonhoso não ter nenhuma dessas duas habilidades, já que eu não era um inválido. De qualquer forma, meu nome era Golubtchik, e isso era pior do que ser inválido, pelo menos para mim, que, na realidade, era um Krapotkin e tinha o direito de montar nos mais nobres corcéis do mundo e ser, como dizem, um homem para todas as selas. Mas o fato de aquele húngaro, aquele senhor

Lakatos, dominar todos os esportes nobres e aristocráticos, apesar de ter nascido coxo e não se chamar Golubtchik, nem ser filho de um príncipe, me envergonhava mormente. Além disso, eu, que sempre carregara meu sobrenome ridículo como uma deficiência, de repente comecei a acreditar que justamente esse sobrenome poderia me transformar em um factótum, como o pé aleijado do senhor Lakatos o ajudara a dominar todos os esportes nobres e aristocráticos. Vocês estão vendo, meus amigos, como o diabo trabalha...

No entanto, eu não via tudo isso naquela época, só o pressentia, embora na verdade fosse mais do que uma premonição. Era algo entre uma premonição e uma certeza. Continuamos andando. 'Agora, vamos comer', disse Lakatos, 'e depois o senhor irá ao meu hotel. É agradável, em uma cidade estrangeira, sentir algo perto de si, algo próximo: um bom amigo, um irmão mais novo'.

Bem, então fomos comer. Fomos ao Chornaia... e, sabem aonde, meus amigos?"

Nessa altura da narrativa, Golubtchik parou por um momento e cravou os olhos no proprietário do restaurante. Este, por sua vez, olhou fixamente para o narrador com seus olhos claros e esbugalhados. Ao ouvir a palavra Chornaia, seus olhos pareceram ganhar uma luz especial, muito especial. "Sim, o Chornaia", disse ele. "De fato, o Chornaia", repetiu Golubtchik. "Naquele tempo, havia lá um restaurante com o mesmo nome deste em que estamos agora, ou seja, Tari-Bari..., e seu proprietário também era o mesmo."

O proprietário, que estava sentado em frente ao narrador, levantou-se, deu a volta na mesa, abriu os braços e abraçou Golubtchik. Ambos se beijaram cordialmente por muito tempo. Então, brindaram à fraternidade; e todos nós, o público, levantamos nossos copos e os esvaziamos.

"Pois assim é!", prosseguiu Golubtchik. "No restaurante deste senhor, meu irmão, que vocês, caros amigos, veem aqui, começou, como quem diz, meu infortúnio. Havia ciganas no velho Tari-Bari de Odessa, e violinistas e extraordinários tocadores de címbalo. E que vinhos, rapazes! O senhor Lakatos pagou tudo. Foi a primeira vez na minha vida que entrei em um lugar assim. 'Beba e não se preocupe!', disse o senhor Lakatos. E eu bebi e bebi.

'Continue bebendo!', repetiu. Eu continuei a beber.

Depois de algum tempo, e já devia ser muito tarde, talvez bem depois da meia-noite – embora, na minha memória, aquela noite toda tenha se convertido em uma única e longa meia-noite –, Lakatos me perguntou: 'O que procura em Odessa?'.

'Eu vim', disse (embora provavelmente balbuciasse), 'visitar meu pai verdadeiro. Ele está me esperando há várias semanas'.

'Quem é seu pai?', perguntou Lakatos.

'O príncipe Krapotkin.'

Ouvindo isso, Lakatos bateu no copo com o garfo e pediu outra garrafa de champanhe. Eu o vi esfregar as mãos debaixo da mesa, enquanto acima, por sobre a mesa e a toalha branca, seu rosto magro se iluminou, corando e ficando mais cheio de repente, como se ele tivesse inflado suas bochechas.

'Eu o conheço, quero dizer, Sua Alteza Sereníssima', começou Lakatos. 'E já posso imaginar tudo. Ele é uma raposa velha, o senhor seu pai. E o senhor, naturalmente, é seu filho ilegítimo. Deus o livre de cometer o menor erro psicológico! Apresente-se diante dele com um ar imponente e perigoso! Ele é astuto como uma raposa e covarde como uma lebre! Sim, meu filho, não é o primeiro nem o único! Talvez haja centenas de filhos ilegítimos dele vagando por toda a Rússia. Eu o conheço muito bem. Fiz negócios com ele. Negociamos lúpulo. Bem, o senhor deve saber que o meu trabalho é negociar lúpulo. Então apareça amanhã e faça-se anunciar como Golubtchik, claro! Se lhe perguntarem o que pretende tratar com o príncipe, simplesmente diga: Um assunto particular. E, quando estiver lá dentro, na frente dele, diante de sua enorme mesa preta que parece um caixão, e ele lhe perguntar: O que deseja?, diga: Sou seu filho, príncipe! Diga-lhe: príncipe! Não diga: Alteza. Verá mais tarde. Confio em sua inteligência. Vou acompanhá-lo e esperá-lo em frente ao palácio. Se seu pai for hostil, diga a ele que temos meios, pequenos meios. E que o senhor tem um amigo poderoso! Entendido?'

Entendi perfeitamente suas palavras, que caíram na minha cabeça como mel, e, debaixo da mesa, dei ao senhor Lakatos um aperto de mão cordial e firme. Ele acenou para uma das ciganas, para uma segunda, para uma terceira. Talvez houvesse mais. Em todo caso, entreguei-me completamente a uma, aquela que se sentara primeiro ao meu lado. Minha mão emaranhou-se em seu colo como uma mosca em uma teia de aranha. Era algo quente, insensato, disparatado, mas me produziu uma grande felicidade. Ainda me lembro da madrugada cinza-chumbo e opressiva, de algo suave e quente em uma cama desconhecida, em um quarto desconhecido, de uma estridência de sinos no corredor e, em particular, de um sentimento vergonhoso de aflição, profundamente humilhante, antes do novo dia.

Quando despertei, o sol já estava alto. Quando desci as escadas, disseram-me que o quarto estava pago. Da parte de Lakatos, encontrei apenas uma nota: 'Boa sorte!', havia escrito, e: 'Tenho de viajar imediatamente. Vá o senhor! Meus melhores desejos irão acompanhá-lo!'.

Então fui sozinho ao palácio do príncipe."

* * *

"A mansão do meu pai, o príncipe Krapotkin, erguia-se solitária, imponente e branca na periferia da cidade. Embora separada da praia por uma estrada larga, amarela e bem conservada, dava-me a impressão de localizar-se na margem. Tão intenso era o azul do mar naquela manhã em que me dirigi ao palácio do príncipe que tive a impressão de que suas ondas suaves sempre batiam contra a escadaria de pedra do palácio, e haviam recuado apenas temporariamente para deixar livre a estrada. Além disso, muito antes de chegar ao palácio, vi uma placa que proibia qualquer veículo de avançar. Era evidente que o príncipe não queria ser perturbado em sua pedante paz de verão. Dois policiais, postados perto da placa, observaram-me enquanto eu lhes dirigia um olhar frio e orgulhoso, como se eu mesmo os houvesse mandado chamar. Se houvessem me perguntado o que eu desejava, teria lhes respondido que eu era o jovem príncipe Krapotkin. A verdade é que eu esperava essa pergunta. Mas os sujeitos me deixaram passar e só me seguiram por um momento com o olhar – senti-o em minha nuca. Quanto mais me aproximava da casa de Krapotkin, maior era minha inquietação. Lakatos prometera me acompanhar até aqui, mas eu chegava só com seu bilhete no bolso. Vivas e sonoras, suas palavras ecoavam em meus ouvidos: 'Diga-lhe príncipe e não Alteza! Ele é astuto como uma raposa e covarde como uma lebre!'. Meus passos tornaram-se cada vez mais lentos e pesados, e de repente comecei a sentir a crueldade do calor diurno, que se aproximava de seu grau máximo. O céu estava azul; à minha direita, o mar imóvel, e o sol implacável em minhas costas. Sem dúvida, pairava uma tempestade na atmosfera, mas ainda não era perceptível. Sentei-me por um momento na beira do caminho. Mas, ao me levantar, constatei que estava mais cansado do que antes. Muito lentamente, com a garganta seca e os pés queimando, arrastei-me até a escada radiante da casa. Brancos eram os degraus planos de pedra, brancos como leite e neve, e, embora absorvessem o sol por todos os seus poros, dispersavam, porém, um frescor benfazejo. Em frente ao portão marrom de duas folhas, um porteiro robusto montava guarda, envolto numa capa amarelo-areia, com um enorme barrete preto de pele de urso (apesar do calor), e segurava um longo cetro, cuja empunhadura dourada brilhava como uma espécie de maça dourada. Lentamente, subi os degraus planos. O porteiro pareceu não me notar até que, pequeno, suado e muito infeliz, me postei diante dele. Nem assim se mexeu quando me viu. Apenas as grandes esferas azuis de seus olhos repousavam sobre mim como um verme, um caracol ou um nada, como se eu não fosse um ser humano como ele, um ser humano com duas pernas. Então me olhou de cima a baixo por um momento, em silêncio, como se insinuasse que não me perguntava o que eu queria simplesmente porque, segundo seus cálculos, um ser tão miserável como eu não devia entender nenhuma linguagem humana. Um sol terrível queimava minha cabeça através do meu barrete, matando as poucas ideias que ainda rumorejavam em meu cérebro. É verdade que, até então, eu não temera nem hesitara, apenas não contava com aquele porteiro, ainda mais um que não abria a boca nem para me perguntar o que eu desejava. Lá permaneci por um bom tempo, pequeno e desolado diante do colosso amarelo e seu perigoso cetro. Seus olhos, tão redondos quanto a esfera do seu cetro, continuavam cravados na minha figura lamentável. Não me ocorria nenhuma pergunta apropriada. Seca e imensurável, a língua me pesava na boca. Mas pensei que, na verdade, o sujeito deveria me cumprimentar ou mesmo tirar aquele pesado barrete; a ira fervia no meu peito ao ver tanta falta de vergonha em um lacaio, um lacaio que estava a serviço do meu próprio pai. Tenho de lhe ordenar, pensei rapidamente, que tire o barrete. Mas, em vez de lhe dar essa ordem, tirei o meu barrete, ficando ainda mais miserável, com a cabeça descoberta e um ar de mendigo. Como se tivesse esperado apenas aquele gesto, o sujeito me perguntou, com uma voz surpreendentemente fina, quase feminina, o que eu desejava. 'Gostaria de ver o príncipe!', disse, em voz muito baixa e hesitante. 'Tem horário marcado?' 'O príncipe me espera.' 'Siga em frente!', orientou ele, a voz, então, mais alta e masculina.

    Entrei. No vestíbulo, dois lacaios de libré amarelo-areia, provida de galões e botões prateados, levantaram-se de suas cadeiras, como se por magia, semelhantes a dois daqueles leões de pedra que costumam vigiar as escadas de certas casas senhoriais. Dono de mim mesmo novamente, apertava meu lindo barrete na mão esquerda, o que me dava um pouco mais de firmeza. Eu disse que queria ver o príncipe, ele esperava por mim, e era um assunto particular. Fui conduzido a uma pequena sala, onde havia pendurado o retrato do velho Krapotkin, ou seja, meu avô, como eu podia ler na placa de metal. Sentia-me totalmente em casa, embora meu avô tivesse um rosto cruel, amarelado, magro e estranho. Sou sangue do seu sangue!, pensei. Avô, já lhes mostrarei quem sou! Não sou um Golubtchik. Sou um de vocês! Ou melhor, vocês são um dos meus!

Enquanto isso, ouvi o suave tilintar de uma sineta de prata. Depois de alguns minutos, a porta se abriu e um criado curvou-se diante de mim. Levantei-me e entrei. Eu estava no gabinete do príncipe.

Ele devia ter se levantado não fazia muito tempo. Estava sentado atrás de sua imponente escrivaninha preta – que, na verdade, parecia um daqueles caixões nos quais os czares são enterrados –, vestido com um roupão macio e felpudo, de cor cinza-prata.

Eu não me lembrava exatamente do seu semblante; só então percebi isso. Parecia-me estar vendo o príncipe pela primeira vez na minha vida, e essa sensação me causou um horror inquietante. Como se de algum modo não fosse meu pai, o pai que eu estava disposto a ver, mas um príncipe realmente desconhecido, o príncipe Krapotkin. Embora eu o visse sentado, ele me parecia mais grisalho, mais magro, mais fraco, mais alto e maior do que eu, que estava em pé diante dele. Quando me perguntou: 'O que quer de mim?', perdi a fala completamente. Ele ainda repetiu: 'O que quer de mim?'. Então ouvi sua voz distintamente, rouca e um pouco irritada, uma espécie de latido, como me soou na época, como se, de alguma forma, ele próprio quisesse substituir um dos seus cães de guarda. E, de fato, subitamente e sem abrir nenhuma das duas portas que levam ao gabinete do príncipe, um gigantesco pastor-alemão apareceu. Eu nunca soube de onde saiu; talvez ele estivesse espreitando por detrás da enorme poltrona do príncipe. O cachorro permaneceu imóvel entre mim e a mesa, encarando-me, e eu também o olhava fixamente, incapaz de desviar meu olhar do dele, embora minha intenção fosse olhar para o príncipe e mais ninguém. De repente, o animal começou a rosnar, e o príncipe gritou: 'Quieto, Slavka!'. Ele rosnou quase como o cachorro. 'Bem, o que quer, rapaz?', perguntou-me o príncipe pela terceira vez.

Eu continuava em pé ao lado da porta.

'Aproxime-se!', disse Krapotkin.

Avancei um pequeno passo, um passo mínimo e desprezível, e respirei fundo. Então eu disse:

'Vim reclamar meus direitos!'

'Que direitos?', perguntou o príncipe.

'Meus direitos como seu filho!', respondi em voz muito baixa.

Houve um breve silêncio, que o príncipe interrompeu dizendo: 'Sente-se, rapaz!', e apontou para uma cadeira larga em frente à mesa.

Sentei-me, isto é, afundei-me naquela cadeira enfeitiçada. Seus braços macios me atraíram e me seguraram, como aquelas plantas carnívoras que seduzem os insetos despreocupados para devorá-los inteiros. Ali me sentei, impotente, sentindo-me ainda mais humilhado do que quando estava em pé. Não ousei descansar meus braços sobre os da poltrona. Deixei-os cair paralisados um de cada lado e, de repente, senti que começaram a balançar de maneira suave e absurda, e não tive força para mantê-los firmes ou aproximá-los de mim. Intenso e ofuscante, o sol iluminava minha face direita e só me deixava ver o príncipe com o olho esquerdo; no entanto, abaixei ambos os olhos e decidi esperar.

O príncipe agitou uma sineta de prata e o criado entrou. 'Papel e lápis!', ordenou Krapotkin. Eu não me mexia, meu coração começou a bater bem mais forte e meus braços, a se agitar ainda mais intensamente. O cachorro se espreguiçou confortavelmente e voltou a grunhir.

Trouxeram os objetos para escrever, e o príncipe começou: 'Qual é o seu nome?'. 'Golubtchik!', respondi. 'Local de nascimento?' 'Voroniaki.' 'O pai?' 'Morto!' 'Refiro-me à profissão', esclareceu Krapotkin, 'não ao estado de saúde!' 'Ele era guarda-florestal!' 'Outros filhos?' 'Não!' 'Onde o senhor frequenta a escola?' 'Em V.' 'Tira boas notas?' 'Sim!' 'Gostaria de continuar estudando?' 'Claro!' 'E já pensou em alguma profissão específica?' 'Não!'

'Muito bem!', disse o príncipe, pondo o lápis e o papel de lado. Ele levantou-se, e então pude ver, debaixo do seu roupão entreaberto, calças de seda turca vermelho-tijolo, como me pareceu, e, em seus pés, sandálias caucasianas bordadas com pérolas. Era exatamente como eu costumava imaginar um sultão. Aproximou-se de mim, chutou o cachorro, que se afastou com um grunhido. Então parou hirto na minha frente, e senti, na minha cabeça abaixada, seu olhar austero e penetrante, como a ponta de uma faca.

'Levante-se!', disse. E eu me levantei. Ele ultrapassava minha altura por duas cabeças. 'Olhe para mim!", ordenou. Ergui a cabeça, e ele passou um bom tempo me observando. 'Quem lhe disse que é meu filho?' 'Ninguém, eu sei há muito tempo; concluí isso um dia, depois de ouvir uma conversa!' 'Ahã!', resmungou Krapotkin, 'e quem lhe disse que tem algum direito a reclamar de mim?'. 'Ninguém, eu acredito nisso.' 'E que direito é esse?' 'O direito de me chamar assim.' 'Ser chamado como?' 'Assim', repeti, sem ousar dizer: 'Assim como o senhor!'. 'Krapotkin, o senhor quer se chamar, é?' 'Exato!' 'Escute, Golubtchik', disse ele, 'se é realmente meu filho, deve saber que me saiu mal, isto é, o senhor me parece um tolo, totalmente tolo.' Senti um tom de desdém, mas também, e pela primeira vez, um pingo de benevolência em sua voz. 'Deve reconhecer isso a si mesmo, jovem Golubtchik, que é um tolo. Admite isso?' 'Não!' 'Pois então deixe-me dizer-lhe uma coisa: é provável que eu tenha muitos filhos por toda a Rússia. Quem poderá sabê-lo? Fui jovem por um longo tempo, talvez tempo demais. Talvez o senhor já tenha filhos. Eu também fui estudante em outros tempos. Tive o meu primeiro filho com a mulher do zelador da escola; o segundo, com a filha do mesmo zelador. O primeiro desses dois filhos é um Kolohin legítimo; o segundo, um Kolohin ilegítimo. Lembro-me desses dois sobrenomes – se é que são dois sobrenomes – porque foram os primeiros. Mas eu tinha esquecido completamente o meu guarda-florestal Golubtchik, como tantos outros, tantos e tantos outros. Não pode haver centenas de Krapotkin soltos por todo o mundo, não acha? Graças a que direito e a que lei? Mesmo se houvesse uma lei a esse respeito, quem me garantiria serem realmente meus filhos? Hein? Ainda assim, cuido de todos, contanto que meu escritório particular saiba que eles existem. Mas, como também gosto de disciplina, dei aos meus secretários todos os endereços relevantes. E agora? Tem alguma objeção?'

'Sim!', respondi.

'O que, rapaz?'

Enfim pude olhar para o príncipe com toda tranquilidade. Agora estava bastante calmo, e quando alguém como eu se acalma geralmente fica atrevido e ousado. Então eu disse: 'Não me importo com meus outros irmãos. A única coisa que me interessa é fazer valer meus direitos'.

'Que direitos? O senhor não tem direito algum. Volte para sua casa. Dê minhas lembranças à sua mãe. Estude com diligência. E trate de ser alguém na vida!'

Não fiz a menor movimentação para sair. Em vez disso, fui firme e malcriado: 'Uma vez, o senhor esteve em Voroniaki e esculpiu para mim pequenos homens de madeira, e então...'. Estava prestes a falar de sua mão, dura e magra, que havia acariciado meu rosto paternalmente, quando de repente a porta se abriu, o cachorro pulou e começou a latir de alegria, e o rosto do príncipe se transfigurou, iluminando-se.

Um jovem, pouco mais velho do que eu e também de uniforme escolar, entrou de um salto no gabinete; o príncipe abriu os braços e o beijou várias vezes nas duas faces. Só quando a agitação arrefeceu – e o cachorro se limitou a abanar o rabo –, vi que o rapaz notara minha presença. 'Senhor Golubtchik!', disse o príncipe, 'meu filho!'

O filho sorriu para mim. Tinha dentes muito brilhantes, uma boca larga, uma pele amarelada e um nariz fino e duro. Ele não se parecia com o príncipe, ou era menos parecido do que eu, pensei comigo mesmo.

'Agora, adeus!', despachou-me o príncipe. 'Estude com diligência!' Ele estendeu a mão para mim, mas imediatamente a retirou, dizendo: 'Espere!'. Foi até a mesa, abriu uma gaveta e tirou uma tabaqueira pesada e dourada. 'Aqui', disse ele, 'leve isso como lembrança! E vá com Deus!'

Ele se esqueceu de apertar minha mão. Eu não lhe agradeci, peguei a tabaqueira, fiz reverência e deixei a casa.

Mas, assim que saí e passei pelo porteiro – a quem até cumprimentei com um misto de medo e confusão, sem receber um olhar de resposta –, acreditei sentir muito claramente que tinha sido vítima de uma grande afronta. O sol já estava a pino. Percebi que estava com fome – e, curiosamente, fiquei com vergonha dessa sensação: achei baixo, vulgar e indigno de mim. Haviam me ofendido, e eu não conseguia pensar em nada melhor do que sentir fome. Talvez eu não passasse mesmo de um Golubtchik, nada mais do que um Golubtchik.

Voltei para a rua ensolarada, plana e arenosa pela qual chegara apenas duas horas antes, com a cabeça literalmente pendurada, tendo a sensação de que nunca mais conseguiria endireitá-la. Minha pobre cabeça pesava como se estivesse inchada ou tivesse sido espancada. Os dois policiais continuavam na mesma posição. Seguiram-me por um longo tempo com o olhar. Após ter percorrido uma boa distância, ouvi um assobio agudo vindo do lado esquerdo, ou seja, da praia. O assobio me assustou, mas também me reanimou de alguma forma; levantei a cabeça e vi meu amigo Lakatos em pé e muito animado. Seu flamejante colete amarelo-claro brilhava alegremente ao sol, sua bengala se agitava na minha direção e seu fino chapéu-panamá, não menos radiante do que o colete, estava ao seu lado, no cascalho. O sujeito o pegou e se aproximou de mim.

Com vivacidade e sem dificuldade aparente, subiu a colina íngreme, que naquele ponto separava o mar da rua, e em poucos minutos estava ao meu lado estendendo-me sua mão lisa.

Só então notei que ainda segurava a tabaqueira do príncipe na mão direita e a escondi, o mais rápido que pude, no bolso. Apesar da velocidade com que o fiz, o movimento não escapou ao meu amigo Lakatos, como seus olhos e seu sorriso demonstraram. A princípio, nada disse. Limitou-se a andar ao meu lado, dançando alegremente. Depois, quando as primeiras casas da cidade surgiram diante de nós, perguntou-me: 'A partir de agora, tudo vai bem, espero!'. 'Nada vai bem', respondi; e um ódio brutal contra Lakatos me invadiu. 'Se o senhor tivesse me acompanhado', prossegui, 'como me prometeu ontem, tudo teria sido diferente. Mas o senhor mentiu para mim! Por que me escreveu que precisava viajar? O que está fazendo aqui?' 'Como?', surpreendeu-se Lakatos. 'Por acaso não tenho outras coisas a fazer? O senhor acha que estou interessado apenas em seus assuntos? À noite recebi um telegrama em que se lia que eu devia viajar. Mas depois soube que não seria necessário. E vim para cá agora, como um bom amigo, para ouvir o que aconteceu.' 'Bem', retomei, 'nada aconteceu comigo, ou, em todo caso, menos do que eu esperava.' 'Ele não o reconheceu? Não teve medo do senhor? Não o convidou?' 'Não!' Estendeu-lhe a mão?' 'Sim', menti. 'E o que mais?' Tirei a tabaqueira do bolso, mantive-a na mão estendida, detive-me e deixei Lakatos observá-la. Ele não a tocou, limitando-se a examiná-la atentamente com os olhos. Fazendo isso, estalou a língua, franziu os lábios, assobiou um pouco, deu um salto para frente, outro para trás, e disse afinal: 'Uma peça extraordinária! Deve valer uma fortuna! Permite-me tocá-la?'. Seus dedos delicados bateram pressurosos na tabaqueira. Nós nos encontrávamos a pouca distância das primeiras casas da cidade, e as pessoas começaram a aparecer. Lakatos sussurrou rapidamente: 'Guarde-a!', e eu escondi a tabaqueira.

'Então a raposa velha estava sozinha?', perguntou Lakatos. 'Não!', respondi, 'seu filho entrou no aposento!' 'Seu filho?', estranhou Lakatos. 'Ele não tem filhos! Permita-me dizer-lhe uma coisa, porque ontem me esqueci de alertá-lo sobre isso. Esse jovem não é filho do príncipe. É o filho do conde P., um francês. Desde que o menino nasceu, a princesa vive na França, numa espécie de exílio. Ela teve de entregar o filho. É assim. Deve haver um herdeiro. Caso contrário, quem manteria essa fortuna? O senhor? Ou eu?'

'Tem certeza disso?', perguntei, e meu coração começou a bater violentamente de alegria, de regozijo, pelo mal alheio e de vingança; de repente, senti um ódio ardente contra aquele jovem e uma total indiferença em relação ao velho príncipe. Todos os meus sentimentos, anseios e desejos encontraram então um objetivo; preparei-me para enfrentar novas batalhas, esquecendo que acabara de sofrer uma humilhação, ou melhor, achava que sabia quem era o único culpado pela minha humilhação. Se esse jovem – pensei naquele momento – não tivesse entrado no gabinete, certamente eu teria ganhado o favor do príncipe. Mas o jovem devia ter recebido algum sinal, devia saber quem eu era, por isso entrou tão repentina e impetuosamente; o príncipe ficou velho e estúpido, e esse filho postiço o tem preso por suas artimanhas; esse francês farsante, filho de uma mãe indigna!

Enquanto eu pensava em tudo isso, tive a impressão de me sentir melhor e mais aliviado; o fogo do ódio aqueceu meu coração. Pensei que finalmente havia entendido o sentido e o propósito da minha vida. O sentido trágico da minha vida consistia em ter sido a infeliz vítima de um jovem traiçoeiro. O propósito da minha vida não era outro senão o dever, contraído naquele momento, de destruir esse jovem traiçoeiro. Uma enorme e calorosa gratidão por Lakatos apossou-se de mim, forçando-me a lhe apertar a mão com firmeza e em silêncio. Ele não soltou a minha, e continuamos andando de mãos dadas como duas crianças até o restaurante mais próximo. Comemos faustosamente, com um apetite voraz, e falamos pouco. Lakatos tirou algumas folhas de jornal do bolso do casaco; foi quase mágico, porque eu não havia percebido aquelas folhas até então. Quando terminamos de comer, ele pediu a conta, passou-a para mim, e, ainda imerso em seu jornal, disse-me, a propósito: 'Por favor, pague agora! Mais tarde acertamos a conta!'.

Enfiei a mão no bolso e tirei minha carteira, mas, quando a abri, vi que estava cheia de moedas de cobre, em vez das moedas de prata que continha anteriormente. Continuei procurando no compartimento do meio e lembrei-me perfeitamente das duas moedas de dez rublos que havia guardado nele; remexi um pouco mais, o medo apossou-se de mim e o suor cobriu-me a fronte. Eu tinha sido roubado na noite anterior, com certeza! Entretanto, Lakatos começou a dobrar o jornal e, depois de um instante, me perguntou: 'Vamos?', mas olhando para mim pareceu se assustar. 'O que está acontecendo?', quis saber. 'Não tenho mais dinheiro!', sussurrei.

Ele pegou a carteira da minha mão, observou-a e disse afinal: 'Sim, claro, aquelas mulheres!'.

Então tirou dinheiro da sua carteira, pagou, pegou-me pelo braço e começou a dizer: 'Não importa, não tem importância alguma, rapaz! Na miséria não vamos ficar, temos um tesouro no bolso. Trezentos rublos a preço de amigos. Vamos agora mesmo ver esses amigos! Mas depois, rapaz, basta de aventuras por ora! Vá para casa imediatamente!'.

E de braços dados com Lakatos fui ver os amigos dos quais ele havia falado.

Fomos para o bairro ao lado do porto, onde judeus pobres viviam em casas minúsculas e arruinadas. Eles são, na minha opinião, os judeus mais pobres e, ao mesmo tempo, diga-se de passagem, os mais fortes do mundo. Durante o dia trabalham no porto como verdadeiros guindastes, arrastando cargas para os navios e dando conta de carregamentos inteiros, enquanto os mais fracos negociam frutas, sementes de abóbora, relógios de bolso, roupas, consertam botas, remendam calças velhas, enfim, tudo o que um judeu pobre costuma fazer. No entanto, começam a celebrar o *shabat* desde o alvorecer de sexta-feira, então Lakatos disse: 'Vamos um pouco mais rápido, pois hoje é sexta-feira e os judeus encerram os negócios cedo'. Um medo enorme apoderou-se de mim quando eu andava ao lado de Lakatos; tive a impressão de que a tabaqueira, que eu ia penhorar, não era minha, que Krapotkin não a tinha me dado, mas, sim, que eu a roubara. Contudo, reprimi meus temores e até fiz uma cara alegre, agindo como se já tivesse me esquecido do roubo do meu dinheiro, e ria de todas as anedotas que Lakatos contava, embora eu não as ouvisse de verdade. Eu ficava à espera de suas gargalhadas e, quando a história chegava ao fim, ria alto e encabulado. Apenas suspeitava vagamente que suas histórias tratavam ora de mulheres, ora de judeus, ora de ucranianos. Finalmente paramos diante da oficina oblíqua de um relojoeiro. Não havia placa de identificação, e apenas rodas, engrenagens, ponteiros e mostradores de relógio na janela permitiam perceber que o morador da oficina era relojoeiro. Era um judeu seco e minúsculo, com uma barbicha de bode rala e cor de palha. Quando se levantou para nos atender, notei que claudicava, também de um jeito ritmado, quase idêntico ao do meu amigo Lakatos, embora não tão distinto e elegante. O judeu parecia um cabritinho triste e um tanto exaurido. Um foguinho avermelhado ardia em seus pequenos olhinhos negros. Pegou a tabaqueira em sua mão magra, avaliou-a por um instante e disse: 'Ahã, Krapotkin!', lançando-me uma olhadela furtiva, como se quisesse me avaliar com seus pequenos olhinhos, como segundos antes o fizera com a tabaqueira em sua mão macilenta. De repente, tive a impressão de que o relojoeiro e Lakatos eram irmãos, embora ambos tratassem um ao outro por 'senhor'.

'Bem, quanto?', perguntou Lakatos.
'Como de costume!', disse o judeu.
'Trezentos?'
'Duzentos!'
'Duzentos e oitenta?'
'Duzentos!'
'Vamos!', disse Lakatos, tomando a tabaqueira da mão estendida do relojoeiro.

Avançamos mais algumas casas até vermos outra vitrine de relojoaria como a anterior; e eis que, ao entrarmos, o mesmo judeu magro com barbicha amarelada se levantou, mas, como não saiu detrás do balcão, não pude ver se também claudicava. Quando Lakatos lhe mostrou minha tabaqueira, o segundo relojoeiro não fez mais do que repetir 'Krapotkin!'. 'Quanto?', indagou Lakatos. 'Duzentos e cinquenta!', respondeu o relojoeiro. 'Feito!', disse Lakatos. E o judeu nos pagou o valor em moedas de ouro de cinco e dez rublos. Deixamos o bairro. 'Então, meu jovem!, começou Lakatos. 'Agora pegaremos um carro rumo à estação de trem. Cuide-se, não volte a se meter com coisas estúpidas e guarde seu dinheiro. Escreva-me de vez em quando, para Budapeste, aqui está meu endereço'. E me deu seu cartão de visita, em que se podia ler, tanto em caracteres latinos como em cirílicos:

JENÖ LAKATOS
Comissionista de lúpulo
Firma Heidegger e Cohnstamm, SAAZ
Endereço: Rakocziutca, 31, Budapeste.

Profundamente ofendido por ele ter me tratado de repente por 'você', eu disse: 'Devo-lhe muita gratidão, mas também dinheiro'.

'Não, obrigado!', respondeu ele.

'Quanto?', perguntei.

'Dez rublos!', disse, e eu lhe dei uma moeda de ouro de dez rublos.

Em seguida, ele parou um carro, entramos e fomos para a estação.

Tínhamos pouco tempo, o trem partiria em dez minutos e o primeiro sinal já havia soado.

Eu estava prestes a pisar o estribo quando, de repente, à direita e à esquerda do meu amigo Lakatos apareceram dois homens consideravelmente grandes, sinalizando que eu deveria descer. Eles nos cercaram imediatamente e, com um gesto grosseiro e sombrio, conduziram-nos para fora, para a frente da estação. Nenhum dos quatro dizia nada. Contornamos o enorme edifício da estação, para então recuarmos, seguindo o apito de uma locomotiva sendo manobrada, até chegar a uma pequena porta. Era o posto policial. Dois agentes de polícia guardavam a entrada. Sentado à mesa, o comissário se entretinha caçando as inúmeras moscas que, com um zumbido intenso, incessante e penetrante, voavam pelo aposento e pousavam nas folhas brancas espalhadas sobre a mesa. Quando pegava uma mosca, ele a colocava entre o polegar e o indicador da mão esquerda e lhe arrancava uma asa. Depois a mergulhava no tinteiro largo de porcelana branca manchada de tinta. Assim, ele nos fez esperar por quase quinze minutos, Lakatos, eu e os dois homens que nos acompanharam. Estava quente e silencioso. Só se ouviam as locomotivas, o zumbido das moscas e a respiração ofegante dos policiais, como se estivessem roncando.

Finalmente, o comissário fez sinal para eu me aproximar. Mergulhou sua caneta no tinteiro, no qual várias moscas mortas flutuavam, perguntou-me o nome e o local de origem, bem como o objetivo e o propósito da minha estada em Odessa; depois de eu lhe contar tudo, recostou-se em sua poltrona, cofiou a bela barba amarelada e, inclinando-se sobre a mesa, perguntou: 'Quantas tabaqueiras o senhor roubou até agora?'.

Não entendi sua pergunta e fiquei em silêncio.

Então ele abriu uma gaveta e fez um sinal para eu ir para o seu lado. Contornei a mesa na direção da gaveta aberta e vi que estava cheia de tabaqueiras parecidas com a que o príncipe me dera. Parei aterrorizado diante da gaveta, sem entender absolutamente nada. Como se obedecesse a um feitiço, tirei do bolso o bilhete que havia comprado meia hora antes e mostrei ao comissário. Foi um gesto ridículo, do qual me dei conta no mesmo instante, mas estava tão perplexo e confuso que, como toda pessoa naquele estado, me pareceu necessário fazer algo absurdo. 'Quantas dessas tabaqueiras o senhor pegou?', insistiu o comissário.

'Uma', respondi. 'O próprio príncipe a deu para mim! Esse homem sabe disso', acrescentei apontando para Lakatos, que assentiu. Mas, naquele momento, o comissário gritou: 'Fora!', e levaram Lakatos.

Fiquei sozinho com o comissário e um policial que, ao lado da porta, não parecia um ser humano vivo, mas um poste ou algo semelhante.

O comissário voltou a mergulhar a caneta no tinteiro, do qual tirou uma mosca morta e encharcada – a mosca parecia sangrar tinta –, observou-a e disse em voz baixa:

'O senhor é o filho do príncipe?'

'Sim!'

'O senhor planejou matá-lo?'

'Matá-lo?'

'Sim?', perguntou o comissário em voz muito baixa e sorrindo.

'Não! Não!', exclamei, 'Eu o amo!'

'Pode se retirar!', disse-me o comissário. Quando me aproximava da porta, o policial me pegou pelo braço e me acompanhou; uma viatura policial com janela gradeada esperava do lado de fora. A porta do carro se abriu. Do interior, outro policial me forçou a subir, e fomos para a penitenciária."

Nessa altura, Golubtchik fez uma longa pausa. Seu bigode, cuja borda inferior estava umedecida pelo destilado que, de tempos em tempos, costumava beber em grandes goles, tremia ligeiramente. Pálidos e imóveis, os rostos dos ouvintes me davam a impressão de terem sido enriquecidos, de certa forma, com novos sulcos e rugas, como se, durante a hora que devia ter transcorrido desde o início da narração, cada um dos presentes tivesse voltado a viver, além da própria juventude, também a de Semion Golubtchik. Sobre todos nós pesava agora não apenas nossa própria vida, mas também aquela parte da vida de Golubtchik que acabávamos de conhecer. Não sem temor, eu me preparava para ouvir o resto, presumivelmente terrível, de sua história, que, mais do que ouvir, eu tinha, até certo ponto, de suportar. Pela porta fechada, ouvíamos a trepidação abafada dos primeiros carros de verduras que se dirigiam ao mercado e, de vez em quando, o apito melancólico e prolongado de alguma locomotiva distante.

"Foi apenas uma detenção policial como qualquer outra" – prosseguiu Golubtchik, "nada terrível. Afinal de contas, a cela era bastante confortável, com uma janela alta e grades largas, que não tinham nada de ameaçador, ou pelo menos tão pouco quanto as grades nas janelas de muitas casas. Havia também uma mesa, uma cadeira e duas camas de campanha. O mais terrível foi que, quando entrei na cela, meu amigo Lakatos se levantou de uma das camas para me cumprimentar. Sim, ele me deu a mão com a mesma alegria e naturalidade como se tivéssemos nos encontrado, digamos, no restaurante. Mas ignorei sua mão estendida. Preocupado e ofendido, ele suspirou e voltou a se deitar. Eu me sentei na cadeira. Queria chorar, apoiar a cabeça na mesa e chorar, mas sentia vergonha de Lakatos, e ainda mais forte do que minha vergonha era o temor de que talvez ele quisesse me consolar. Sentei-me, então, com uma espécie de choro petrificado no peito, mudo na cadeira, e contei as grades da janela.

'Não se desespere, rapaz!', disse Lakatos depois de um tempo. Ele se levantou e foi até a mesa. 'Descobri tudo!' Contra a minha vontade, levantei a cabeça, mas me arrependi imediatamente. 'Também aqui tenho alguns conhecidos. Em duas horas, no máximo, o senhor estará livre. E sabe a quem devemos nossa má sorte? Vamos ver se adivinha!'

'Diga de uma vez!', gritei. 'Não continue me torturando!'

'Bem, a seu irmão, ou melhor, o filho do conde P., me entende?'

Entendi e não entendi nada ao mesmo tempo. Mas o ódio, meus amigos, meu ódio por aquele rapaz, o bastardo, o filho postiço do meu pai carnal e principesco, assumiu, até certo ponto, o papel da razão, como muitas vezes acontece. Como eu odiava, também achava que entendia. Em um segundo, tive a impressão de ter descoberto uma trama terrível contra mim. Pela primeira vez, despertou-se em mim a sede de vingança, a irmã gêmea do ódio, e, mais rápido do que o trovão que se segue ao raio, tomei a decisão de me vingar do rapaz. Como? Eu não sabia, mas já intuía que Lakatos era o homem que me mostraria o caminho, e então, dali em diante, passei a achá-lo agradável.

É claro que ele sabia o que se passava dentro de mim. Sorriu, e pelo seu sorriso deduzi que ele sabia de tudo. Inclinou-se sobre a mesa, chegando tão perto que, no final, eu só via seus dentes brilhantes, destacando-se sobre o fundo avermelhado de seu palato e, de vez em quando, a ponta da sua língua rosada, que lembrava a língua do nosso gato lá de casa. De fato, ele sabia de tudo. A questão era a seguinte: presentear tabaqueiras, todas do mesmo tipo e qualidade, extremamente caras, era uma das muitas peculiaridades do velho príncipe. Ele as mandava fazer para si mesmo em uma joalheria em Veneza, de acordo com o modelo antigo de uma tabaqueira que ele próprio, o príncipe, adquirira tempos atrás em um leilão. Ele adorava presentear seus convidados com tabaqueiras de ouro maciço com incrustações de marfim e fragmentos de esmeralda, das quais ele sempre tinha inúmeras à mão. Bem, o caso era simples. Aquele rapaz, o qual ele considerava seu filho, precisava de dinheiro, roubava as tabaqueiras e as vendia de tempos em tempos; e a polícia, em cada uma das investigações que costumava realizar entre os comerciantes, foi reunindo, com o tempo, uma coleção suntuosa de tabaqueiras. Ninguém ignorava o lugar de procedência desses tesouros. Até mesmo o administrador do príncipe e seus próprios lacaios sabiam disso. Mas quem teria ousado contar a ele? Era muito fácil, por outro lado, atribuir um roubo, e até mesmo um roubo com arrombamento, a um rapaz sem importância como eu; pois o que era um ser humano da minha condição na antiga Rússia, meus amigos? Um inseto, uma daquelas moscas que o comissário afogou em seu tinteiro, um nada, um grãozinho de poeira sob a sola da bota de um grande senhor. E ainda, meus amigos, permitam-me divagar por um momento, perdoem-me se os enfastio; quem dera fôssemos hoje os mesmos grãozinhos de poeira de antigamente! Nós não dependíamos de leis, mas de caprichos. Esses caprichos, porém, eram quase mais previsíveis do que as leis. Porque as leis, inclusive, dependem de caprichos. Podemos interpretá-las com um propósito. Sim, meus amigos, as leis não protegem contra a arbitrariedade, pois são interpretadas a esmo. Nunca conheci os caprichos de um juiz secundário. Devem ser piores do que um capricho normal; ódios simples e rancores miseráveis. Por outro lado, conheço os caprichos de um grande senhor. São, inclusive, mais fiáveis do que as leis. Um autêntico grande homem, capaz de punir e perdoar, pode se irritar com uma única palavra, mas também se reconciliar ao ouvir outra. Quantos grandes homens permaneceram incólumes diante da maldade do mundo! Seus caprichos sempre foram bem-intencionados. As leis, por outro lado, são quase sempre nefastas, meus amigos. Quase não há uma lei sequer que possa ser considerada benigna; neste mundo, não há justiça absoluta. Justiça, meus amigos, só no inferno!...

Mas voltemos à minha história: na época, eu estava determinado a instituir o inferno neste mundo, isto é, eu tinha sede de justiça. E quem busca justiça absoluta está à mercê da vingança. Eu era assim naquela época. Estava agradecido a Lakatos por abrir meus olhos, e me obriguei a confiar nele. Então lhe perguntei: 'O que devo fazer?'.

'Primeiro', começou ele, 'diga-me, cá entre nós, é verdade que sua única intenção era dizer ao príncipe que é seu filho? Pode me dizer. Ninguém nos ouve. Agora somos companheiros de infortúnio. Confiança pela confiança. Quem o mandou à casa do príncipe? Há um homem de confiança em seu curso de..., bem, já sabe a quem me refiro: desses chamados revolucionários?'.

'Não o entendo', disse. 'Eu não sou um revolucionário. Só exijo meus direitos! Meus direitos!', gritei.

Só mais tarde pude entender que papel esse tal Lakatos desempenhava. Muito mais tarde, quando eu estava prestes a me tornar um Lakatos. Mas, naquela época, eu não entendi. Ele, porém, estava perfeitamente ciente da sinceridade das minhas palavras. Limitou-se a dizer: 'Ora, então está tudo bem!'. É provável que naquele momento ele tenha pensado: equivoquei-me de novo. Perdi uma boa quantia.

Depois de um tempo, a porta se abriu e o comissário entrou, aquele que afogava as moscas, seguido por um senhor à paisana. Eu me levantei. O comissário disse: 'Vou deixá-los a sós', e foi embora. Atrás dele, Lakatos saiu sem sequer olhar para mim. O senhor convidou-me a sentar, pois queria me fazer uma proposta. Começou dizendo que sabia de tudo: que o príncipe era uma personalidade muito importante e ocupava uma posição muito alta. Dele dependia o bem-estar da Rússia, do czar e do mundo, poder-se-ia dizer. É por isso que ninguém deveria incomodá-lo. Eu me apresentara com afirmações absurdas. Só a benevolência do príncipe me salvara de uma punição severa; mas tudo me perdoaram por eu ser jovem. No entanto, o príncipe, que até então mantinha e custeava os estudos do filho de um dos seus guardas-florestais por puro capricho, não desejava continuar desperdiçando presentes com pessoas indignas, imprudentes ou insensatas, ou como eu mesmo gostaria de me qualificar. Assim sendo, decidiram que eu ocuparia algum cargo de acordo com minha origem modesta. Eu poderia escolher entre ser guarda-florestal como meu pai e, talvez, com o tempo, administrar um dos bens do príncipe, ou entrar na administração pública: nos correios, na rede ferroviária, em algum escritório ou mesmo em um governo. Cargos bem remunerados e adequados à minha pessoa.

Eu não respondi.

'Assine aqui!', indicou o senhor, abrindo diante de mim um papel em que se lia que eu me comprometia a não apresentar nenhum tipo de reivindicação ao príncipe, nem tentar um novo encontro com ele.

Então, meus amigos, mal posso descrever meu estado emocional com exatidão. Quando li o documento, senti-me humilhado e envergonhado, mas também orgulhoso, intimidado e cheio de ressentimento; com sede de liberdade, mas, ao mesmo tempo, disposto a suportar torturas e a carregar minha cruz nas costas; cobiçoso de poder e ao mesmo tempo dominado pela doce e sedutora sensação de que a impotência fosse uma espécie de serenidade indizível. No entanto, eu queria ter o poder de me vingar, um dia, de todos esses insultos e ainda dispor da força necessária para suportá-los. Em resumo, eu queria ser não apenas um vingador, mas também, e ao mesmo tempo, um mártir. Mas eu não era nem um nem outro, sabia disso e, sem dúvida, aquele senhor também o sabia. Dessa vez, ele me pressionou em um tom brusco: 'Vamos, rápido, decida-se de uma vez!', e eu assinei.

'Bem', disse ele, guardando o papel no bolso. 'E agora, o que pretende?' Quisera Deus que eu tivesse dito o que estava na ponta da língua, ou seja, as simples palavras: ir para casa! Para a casa da minha mãe! Mas, naquele momento, a porta se abriu e um agente de polícia entrou, um elegante dândi com luvas brancas, sabre brilhante e coldre de couro polido, e um olhar glacial e soberbo em seus olhos sagazes, de um azul-brilhante. Só de vê-lo, sem olhar para o outro senhor, exclamei de repente: 'Quero ser um policial!'. Essa frase impensada, meus queridos amigos, decidiu meu destino. Só anos depois aprendi que as palavras são mais poderosas do que as ações... e sempre me divirto quando ouço a frase popular: 'Ações e não palavras!'. Quão fracos são os atos! Uma palavra perdura, um ato passa! Até mesmo um cachorro pode agir, mas somente um ser humano é capaz de pronunciar uma palavra. Atos e ações são meros fantasmas comparados com a realidade, sobretudo com a realidade suprassensível da palavra. A ação é para a palavra mais ou menos o que a sombra bidimensional do cinema é para o ser humano vivo e tridimensional, ou, se preferirem, o que a fotografia é para o original. É por isso que me tornei um assassino. Mas isso vem depois. Então aconteceu o seguinte: assinei outro papel na sala de um funcionário que eu nunca tinha visto antes. Já não me lembro do conteúdo. O funcionário, um senhor de idade – com uma barba tão digna, prateada e longa que seu rosto, logo acima, parecia minúsculo e insignificante, como se crescera daquela barba e não como se a barba tivesse crescido dele –, estendeu-me sua mão macia e bem acolchoada (com uma grossa camada de malícia, de certa forma), e me disse: 'Espero que se acostume e se sinta confortável conosco! Viajará a Níjni Novgorod. Aqui está o endereço do senhor a quem deve apresentar-se. Boa viagem!'.

Quando eu já estava na porta, ele exclamou: 'Um momento, rapaz!'. Voltei para a mesa. 'Lembre-se disso, rapaz!', bradou, quase com raiva. 'Cale e ouça, cale e ouça!' Levou um dedo a seus lábios semiocultos pela barba e fez um gesto com a mão. E assim entrei para a polícia, a Okhrana, meus amigos! Comecei a forjar planos de vingança. Eu tinha poder. E tinha ódio. Eu era um bom agente. Não me atrevi a perguntar mais sobre Lakatos. Voltará a aparecer na minha história várias vezes. Entretanto, permitam-me ignorar certos detalhes. Hediondo já é o resto da minha vida."

* * *

"Permitam-me, meus amigos, dar-lhes os informes exatos sobre os atos cruéis – sim, podem e devem ser ditos: 'cruéis' – que cometi no decurso dos anos subsequentes. Todos vocês sabem, meus irmãos, o que a Okhrana era. Talvez algum de vocês até a tenha sentido na própria pele. De qualquer forma, não preciso descrevê-la exatamente. Agora vocês sabem o que eu era. Se a história for desagradável para vocês, digam-me, por favor, e eu partirei imediatamente. Alguém tem algo contra mim? Rogo-lhes que me digam, senhores! Digam-me sem rodeios e eu irei! Mas todos nós nos calamos. Apenas o proprietário interveio: "Semion Semionovich, já que começou a nos contar sua história, e como afinal de contas todos nós que estamos aqui também temos algo em nossa consciência, peço-lhe, em nome de todos os presentes, que prossiga". Golubtchick tomou outro gole e retomou:

"Apesar da minha juventude, eu não era idiota, então logo granjeei a simpatia dos meus superiores. Primeiro – eu já ia me esquecendo de contar – escrevi uma carta para minha mãe. Contei a ela que o príncipe havia me recebido bem e que lhe enviara saudações cordiais. Também lhe disse que ele conseguira para mim um ótimo cargo na administração e que, a partir de então, eu enviaria a ela dez rublos por mês. Mas não precisava agradecer ao príncipe por enviar esse dinheiro.

Quando escrevi aquela carta, meus amigos, eu sabia que nunca mais veria minha mãe e, por mais curioso que isso possa parecer, uma grande tristeza me invadiu. Mas algo muito diferente e mais forte – assim me pareceu naquele momento – me chamou; algo mais forte do que o amor pela minha mãe: o ódio pelo meu falso irmão. Era um ódio tão forte quanto uma trombeta, enquanto o amor pela minha mãe era suave e leve como o som de uma harpa. Vocês me entendem, meus amigos!...

Assim cheguei a ser, mesmo ainda tão jovem como eu era, um agente admirável. Não posso enumerar para vocês todas as crueldades que cometi no decorrer daqueles anos. Mas talvez algum de vocês se lembre da história do judeu revolucionário Salomón Komrover, chamado: Komorov... e esse foi um dos atos mais sujos da minha vida.

Esse Salomón Abramovitch Komrover era um jovem delicado procedente de Charkov, que nunca se ocupara de política; antes, estudava com afinco, como todo bom judeu, o Talmude e a Torá, com a intenção de se tornar uma espécie de rabino. Sua irmã, por outro lado, era estudante de filosofia em São Petersburgo e frequentava os círculos dos revolucionários sociais. Ela queria, seguindo a moda daquela época, libertar o povo... e um dia foi presa. Salomón Komrover, seu irmão, não tinha nada mais urgente a fazer senão se apresentar à polícia e declarar que ele era o único culpado pelas atividades perigosas da irmã. Bem! Então, também foi preso. E me fizeram passar a noite em sua cela. Foi em uma prisão de Kiev, ainda me lembro exatamente da hora: pouco antes da meia-noite. Quando entrei, ou seja, quando fui empurrado para dentro, Salomón Komrover andava de um lado para o outro e não pareceu notar minha presença. 'Boa noite!', eu disse, e ele não respondeu. Minha obrigação era desempenhar um papel de delinquente inveterado, e me deitei suspirando no catre. Depois de um tempo, Komrover parou de andar e se sentou em seu catre. Eu estava acostumado com essas coisas. 'Política?', perguntei, como de costume. 'Sim!', respondeu. 'Como assim?', voltei a perguntar. Como ele era jovem e tolo, contou-me toda a sua história.

Mas eu, que continuava pensando em meu falso irmão, o jovem Krapotkin, e em minha vingança, comecei a maquinar se essa não seria uma boa ocasião para esfriar, enfim, o ardor eterno do meu ódio. Comecei insinuando ao jovem e inocente Komrover que eu conhecia uma saída para ele e sua irmã: denunciar o jovem príncipe como amigo de sua irmã, e, assim, expliquei ao judeu desavisado, a partir do momento em que um sobrenome como Krapotkin estivesse em jogo, não haveria nada a temer.

A verdade é que eu não sabia na época que o jovem príncipe de fato frequentava círculos revolucionários e era vigiado por vários de meus colegas havia muito tempo. Minha cólera e minha sede de vingança viam-se, por assim dizer, compensadas de alguma forma; pois, no dia seguinte, após ser interrogado, o judeu Komrover voltou à cela acompanhado de um jovem de aspecto muito nobre e com uniforme de engenheiro. Era, como podem imaginar, meu irmão: o jovem príncipe Krapotkin.

Eu o cumprimentei, e ele, é claro, não me reconheceu. Comecei a ocupar-me dele com um zelo execrável; o judeu Komrover, que havia se deitado em seu catre do outro lado, já não significava nada para mim. Tal como Lakatos fizera comigo uma vez, comecei a extrair, um por um, os delitos do jovem príncipe, só que com mais êxito do que Lakatos tivera naquela época. Sim, tomei a liberdade de lhe perguntar se ainda se lembrava das tabaqueiras que seu pai costumava presentear. Então, o rapaz ruborizou-se pela primeira vez; podia-se ver mesmo na penumbra da cela. É isso mesmo: o homem que talvez tivesse tentado derrubar o czar se ruborizou quando o lembrei de uma de suas travessuras juvenis! Dali em diante, ele passou a me dar, prontamente, todo tipo de informação. Percebi que, justamente por causa dessa história absurda da tabaqueira, que um dia surgira, ele se sentiu obrigado a adotar uma postura rancorosa contra a ordem social em geral. Como muitos jovens de sua época, ele tomou por pretexto o fato de seu crime vulgar ter sido descoberto para se tornar um daqueles chamados revolucionários e acusar a sociedade. Ele ainda era bonito e quando falava ou sorria seus dentes brancos clareavam a cela onde estávamos. O corte de seu uniforme era impecável. Assim como impecáveis também eram o desenho de seu rosto, e sua boca, e seus dentes, e seus olhos. Eu o odiava.

Ele me revelou tudo, tudo, meus amigos! O caso não tem mais importância, e eu não quero entediá-los com detalhes. De nada me serviu contar tudo. O jovem príncipe Krapotkin não foi punido, mas, sim, o inocente judeu Komrover.

Ainda cheguei a ver como lhe prenderam a corrente e a bola de ferro à perna esquerda. Foi enviado para a Sibéria. O jovem príncipe, por outro lado, desapareceu um dia, mais rápido do que quando viera. Todas as confissões que o príncipe me fez foram atribuídas ao jovem Komrover.

Assim se concebia a práxis naquela época, meus amigos!

Passei a última noite com ele na cela. Chorou um pouco, depois me entregou algumas cartas para seus pais, amigos e parentes e me disse: 'Deus está em todo lugar. Eu não tenho medo! Tampouco sinto ódio! Contra ninguém! Tem sido meu amigo, e um amigo no infortúnio! Agradeço-lhe muito!'.

Ele me abraçou e me beijou. Até hoje sinto a ardência de seu beijo em meu rosto.

Dizendo isso, Golubtchik tocou com um dedo sua bochecha direita.

* * *

"Depois de algum tempo, fui transferido para São Petersburgo. Vocês não podem imaginar a importância de uma transferência dessa natureza. Significava trabalhar sob as ordens imediatas do homem mais poderoso da Rússia: o comandante supremo da Okhrana. A vida do próprio czar dependia dele. Meu superior não era outro senão o conde

W., um polonês cujo nome não ouso pronunciar nem agora. Ele era um homem muito estranho. Todos nós que entramos para o seu serviço tivemos de prestar, em seu escritório, um novo juramento diante dele. Em sua mesa preta havia uma cruz de prata majestosa entre duas velas amarelas. Cortinas pretas também cobriam a porta e as janelas. Atrás da mesa, em uma poltrona preta e desproporcionalmente alta, estava sentado o conde, um homúnculo minúsculo, de cabeça calva e cheia de sardas, olhos pálidos e apagados – que faziam lembrar não-me-esqueças murchos –, orelhas secas, como de papelão desbotado, maçãs do rosto salientes e uma boca entreaberta que expunha seus dentes grandes e amarelos. Aquele homem conhecia mesmo cada um de nós, funcionários da Okhrana, e vigiava atentamente todos os nossos passos, embora ele nunca parecesse deixar o seu escritório. Para todos nós, tratava-se de uma pessoa sinistra, e o medo que nos inspirava era muito maior do que o medo que nós inspirávamos no país. Recitávamos um longo juramento diante dele em seu escritório enfeitiçado e, antes que nos retirássemos, ele sempre dizia a cada um de nós: 'Portanto, tenha cuidado, filho da morte! Ama a sua vida?'. Ao que respondíamos: 'Sim, Excelência!', e então ele nos deixava ir. Um dia, seu secretário me chamou para me comunicar que uma tarefa muito especial me esperava, assim como a vários de meus companheiros. O senhor Charron, isto é, o grande estilista de Paris – era a primeira vez que eu ouvia esse nome –, havia sido convidado para ir a São Petersburgo. Ele queria apresentar seus últimos modelos em um dos teatros da capital. Alguns grão-duques estavam interessados nas modelos, e algumas senhoras da alta sociedade, nas roupas. Era, portanto, para executar um serviço muito especial naquele momento. Será que sabíamos quem se encontrava entre as garotas que o senhor Charron pensava em levar? Elas não poderiam ter armas ou bombas escondidas em seus vestidos? Como seria fácil! Como elas têm de se trocar o tempo todo, vão e voltam dos palcos para o camarim, a qualquer momento pode acontecer uma tragédia. O senhor Charron anunciou quinze garotas. Precisávamos então de quinze homens. Talvez até violasse as leis do pudor tradicional, se não houvesse alternativa. O secretário me perguntou se eu queria organizar e dirigir essa missão.

Uma tarefa tão particular e, vocês têm de admitir, tão incomum quanto essa me proporcionou uma enorme alegria, meus queridos amigos. Vejo agora que não posso privá-los de assuntos absolutamente confidenciais. Devo confessar, então, que até aquele momento eu nunca havia me apaixonado de verdade, como muitas vezes acontece com os jovens. Com exceção da cigana que meu amigo Lakatos me apresentara naquela noite, minhas relações com as mulheres limitavam-se a as ter possuído apenas algumas vezes, pagando a uma ou outra garota nas chamadas casas de prostituição. Embora a mesma profissão me obrigasse a conhecer o mundo, eu ainda era jovem demais para imaginar – diante da simples ideia de ter de vigiar modelos de Paris – que tinha sido escolhido para espionar a exuberante nudez de senhoras sofisticadas da alta sociedade parisiense, e talvez até mesmo para 'possuí-las'. Respondi sem titubear que estava pronto e comecei a selecionar meus catorze colaboradores. Eram os rapazes mais jovens e elegantes da nossa seção.

A noite em que o estilista parisiense chegou a São Petersburgo, com suas modelos e inúmeras malas, trouxe-nos não poucos sofrimentos.

Estávamos na estação, quinze rapazes ao todo; no entanto, cada um de nós tinha a impressão de que éramos apenas cinco, ou até dois. Nosso todo-poderoso comandante nos confiara uma vigilância particularmente rigorosa; e tudo isso por um simples estilista. Misturamo-nos entre o público numeroso que esperava na estação por seus parentes. Naquele momento, eu estava convencido da importância e da magnitude de minha tarefa, que talvez consistisse em nada menos que, quem sabe, salvar a vida do czar."

* * *

"Quando o trem chegou e o estilista de fama mundial desembarcou, percebi imediatamente que o nosso todo-poderoso comandante havia se equivocado. Aquele não era o tipo de homem que poderia ser suspeito de cometer atentados. Parecia bem alimentado, vaidoso, inofensivo e, sobretudo, seriamente empenhado em chamar atenção. Resumindo: não se tratava de um 'elemento subversivo'. Era bem alto, mas suas roupas estranhas o faziam parecer pequeno, eu diria até baixo. A roupa flutuava ao redor de seu corpo, em vez de cobri-lo, e não combinava com ele, como se ela tivesse sido dada por algum amigo. Mas, como era ele quem a desenhava, deu-nos a impressão – ou a mim, em todo caso – de usar uma espécie de roupa dupla. Fiquei muito surpreso que a corte do czar levasse um estilista vestido daquele jeito de Paris a São Petersburgo; depois disso, comecei a duvidar, pela primeira vez, da segurança daqueles senhores, daqueles grandes senhores, a cuja sociedade eu adoraria pertencer. Até aquele momento, eu acreditara que os grandes senhores eram infalíveis e seriam incapazes de levar um comediante até São Petersburgo para ditar, a suas esposas, a moda que deveriam impor na Rússia. Mas, naquele dia, vi com meus próprios olhos. O estilista chegou com uma enorme comitiva de acompanhantes, e não apenas garotas, como seria de esperar. Não, também levara alguns jovens encantadores, rapazes refinados de Paris, verdadeiros modelos com gravatas de seda e gestos graciosos. Eles saltaram dos estribos do vagão animados e distraídos, como pardais ou pintassilgos disfarçados, e pouco lhes faltava para começar a gorjear. De fato, a maneira alegre e barulhenta como começaram a conversar alguns segundos depois de sua chegada me fez pensar em um diálogo leve e despreocupado entre pássaros antropomorfos ou entre homens emplumados. Eles esperaram um pouco diante dos estribos e, de braços estendidos, foram recebendo as doze garotas que desceram em seguida, graciosas, circunspectas e com tal expressão de temor em seus rostos e gestos que, em vez de descerem em uma plataforma, pareciam precipitar-se em um abismo assustador.

Entre as mulheres que desembarcaram, gostei de uma em especial. Como todas as garotas que o estilista levara, ela usava um número de identificação. Todas tinham o número no peito esquerdo, pintado de vermelho sobre um fundo azul, em um peitilho de seda quadrado impecável. Mas esses números davam a impressão de ter sido marcados com ferro em brasa, como são marcados cavalos e vacas. Ainda que todas as garotas parecessem felizes, elas me davam uma pena infinita: eu tinha compaixão por elas, principalmente por aquela de quem gostei à primeira vista. Ela usava o número 9 e se chamava, como pude ouvir, Lutetia. Mas, pouco depois, quando olhei os passaportes no escritório de controle da estação, soube que seu nome verdadeiro era Annette, Annette Leclaire, e – não sei por que – esse sobrenome me comoveu profundamente.

Talvez seja preciso lembrar-lhes pela segunda vez que, até aquele dia, eu nunca tinha amado de verdade uma mulher, isto é, até então não conhecia de modo algum as mulheres. Eu era jovem e forte, nenhuma me era indiferente; mas meu coração ainda não estava pronto para obedecer a meus sentidos. Tão forte quanto meu desejo de 'possuir' quase todas elas era minha convicção de ser incapaz de pertencer a apenas uma. No entanto, como acontece com todos os jovens, eu desejava conhecer a mulher da minha vida, isto é, aquela que realmente fosse capaz de saciar o desejo e a nostalgia que todas provocavam em mim. Ao mesmo tempo, suspeitava que essa mulher provavelmente não existisse e, como todos os outros jovens, eu esperava o chamado milagre. E o milagre aconteceu, como me pareceu, no exato momento em que vi Lutetia, a número 9. Quando alguém é, como eu naquela época, um jovem que aguarda ansiosamente o milagre, tende a acreditar com excessiva prontidão que isso já havia acontecido.

Então me apaixonei por Lutetia à primeira vista, como dizem. Logo descobri que ela usava seu número como um estigma vergonhoso, marcado com fogo, e senti ódio daquele estilista sofisticado, convidado pelas mais altas autoridades do Império para exibir essas escravas infelizes. Evidentemente que, de todas as escravas infelizes, a jovem Lutetia com seu número 9 me parecia a mais infeliz. Como se o estilista abjeto – que estava longe de ser um delinquente – fosse, na verdade, um cafetão ou um negociante de garotas, passei a refletir sobre a melhor maneira de libertar a garota 9 de suas garras. Sim, interpretei o fato de que, devido àquele estilista, eu tinha sido enviado a São Petersburgo como um 'sinal particular do destino'. E estava decidido a salvar Lutetia."

* * *

"Posso ter me esquecido de contar por que o departamento de polícia dispôs de tantas medidas de segurança por causa de um estilista que, embora incomum, nada tinha de suspeito. Uma ou duas semanas antes, haviam tentado assassinar o governador de São Petersburgo. Como sabem, os atentados fracassados costumavam ter, em nossa antiga Rússia, um efeito muito mais terrível do que os bem-sucedidos. Atentados bem-sucedidos eram, de certa maneira, juízos divinos irrevogáveis. Porque, meus amigos, naquela época, ainda se acreditava em Deus e se tinha a certeza de que nada aconteceria sem a Sua vontade. No entanto, a fim de se antecipar ao Todo-Poderoso, por assim dizer, antes que houvesse a oportunidade de assassinar um desses senhores do alto escalão, as chamadas medidas de segurança foram prontamente tomadas. Eram medidas tolas, às vezes até mesmo absurdas. Mandaram-nos vigiar de perto aquelas garotas simples e lindas: nos intervalos, quando trocavam de roupa, e assim como na vida particular, durante o dia, no hotel. Também nos encarregaram de supervisionar os homens com quem, de acordo com todas as previsões, as garotas teriam de se alternar, de modo que, naqueles dias, deixamos de ser policiais reais para nos tornar uma espécie de preceptores. No entanto, essa tarefa não me deixou constrangido de forma alguma, até me alegrou. O que não me teria alegrado naquele momento, durante aquelas horas felizes do meu primeiro amor? Meu coração: senti que, até aquele dia, eu o havia negado. Mas, assim que o amor nele se instalou, pensei ter descoberto que meu coração ainda estava no lugar e que, até aquele instante, o havia repudiado, ultrajado e violado. Sim, meus amigos, foi um prazer inefável sentir que eu ainda tinha coração e admitir que o vinha mutilando como um criminoso. Naquela época, minhas ideias não eram tão claras como agora, devo reconhecer. Mas senti que o amor começou, de certa forma, a me libertar e que me concedia a grande sorte de ser liberto com sofrimentos, alegrias e até com prazer. Pois o amor, meus amigos, não nos cega, como afirma o provérbio absurdo; ao contrário, ele nos torna videntes. Foi assim que de repente percebi, graças ao meu amor insensato por uma garota comum, que até aquele momento eu havia sido ruim, e quão ruim eu havia sido. Desde então sei que o objeto que desperta o amor no coração humano não é nada comparado ao que o amor nos ensina. Não importa quem nem o que se ama: o ser humano se torna um vidente, nunca um cego. Até aquele instante, eu nunca havia amado; provavelmente, por isso, eu tenha me tornado um assassino, um informante, um traidor, um canalha. Ainda ignorava se a garota me amaria. Mas o simples fato de ter sido capaz de me apaixonar assim, tão de repente e à primeira vista, dava-me confiança em mim mesmo, embora também me fizesse sentir remorso por minhas ações vergonhosas. Tentei, então, tornar-me digno da benesse que essa paixão repentina significava. Logo percebi toda a vileza da minha profissão, e ela me enojou. Comecei a expiar meus atos: esse foi o começo da minha penitência, embora eu não soubesse quantas coisas mais eu teria de expiar posteriormente.

Eu observava a garota que chamavam de Lutetia. Eu a observava não mais como um policial, mas como um amante ciumento; não mais por razões profissionais, mas do coração, por assim dizer. Observá-la me dava um prazer muito especial, além de saber que, em todos os momentos, eu tinha um poder real sobre ela. É assim cruel, meus amigos, a natureza humana. Pois, embora percebamos quão ruins temos sido, não nos corrigimos. Somos seres humanos, seres humanos! Ruins e bons! Bons e ruins! Nada além de seres humanos!

Sofri tormentos de fato infernais enquanto observava a garota. Eu estava com ciúme. Aterrava-me a ideia de que, a qualquer momento, um dos meus colegas recebesse por acaso a ordem de supervisionar Lutetia em meu lugar. Eu era jovem, meus amigos! Quando se é jovem, o ciúme pode surgir assim que se começa a amar; sim, é possível ser feliz em meio ao ciúme, e justamente graças a ele. O sofrimento nos faz tão felizes quanto a alegria. É quase impossível distinguir a felicidade do sofrimento. A verdadeira capacidade de distinguir a felicidade do sofrimento só nos chega com a idade. Então, já estamos fracos demais para evitar o sofrimento e desfrutar da felicidade."

* * *

"Na verdade – eu já disse isso? –, a amada do meu coração não se chamava Lutetia, é claro. Talvez esse dado pareça sem importância para vocês, mas, para mim, era fundamental que a garota tivesse dois nomes, um verdadeiro e outro falso. Andei um bom tempo com seu passaporte no bolso. Levei-o à agência policial, copiei os dados e, de acordo com nosso costume, mandei fazer novas cópias da foto, separei duas e as guardei em um envelope especial. Ambos os nomes me fascinavam, cada um de um jeito diferente. Foi a primeira vez que os ouvi. Do nome verdadeiro, emanava um brilho cálido e reservado, e outro grandioso e até mesmo imperial do nome Lutetia. De alguma forma, era como amar duas mulheres em vez de uma só; e como as duas eram uma, minha impressão era ter de amá-la duas vezes. Nas noites em que as garotas apresentavam no teatro as roupas do estilista glamouroso – que os jornais qualificavam como suas 'criações', quando não suas 'geniais criações' –, tínhamos de permanecer nos camarins das senhoras. O estilista protestou com veemência contra tal medida. Dirigiu-se à viúva do general Portchakov, que, na época, gozava de grande prestígio na sociedade de São Petersburgo, e na verdade foi quem o incentivou a ir à Rússia. Apesar de sua famosa corpulência, a esposa do general era uma mulher extraordinariamente ativa. Ela teve a admirável capacidade de visitar, em uma única manhã, dois grão-duques, o governador-geral, três advogados e o diretor da Ópera Imperial, para reclamar da ordem da nossa polícia. Mas, meus amigos, de que adiantaria, em nossa amada e antiga Rússia, queixar-se em certas circunstâncias de uma ordem policial? Nem o próprio czar teria conseguido algo... ele talvez menos do que qualquer outro.

    É claro que eu sabia de todas as manobras da diligente viúva do general. Cheguei, inclusive, a pagar um trenó do meu próprio salário para poder segui-la em todos os lugares e, também do meu bolso, dei gorjetas aos empregados e lacaios que me transmitiram o conteúdo de conversas realizadas em todas as casas. Eu informava imediatamente meu superior dos resultados de minhas investigações. Fui elogiado, mas ouvir esses elogios me envergonhava. Eu não trabalhava mais para a polícia, meus amigos. Estava a serviço de algo mais importante: a serviço da minha própria paixão. Naqueles dias, eu era o mais habilidoso de todos os agentes, pois tinha a capacidade não só de ser mais rápido do que a ativa viúva do general, mas também de aparecer – algo curioso – em todos os lugares quase ao mesmo tempo. Encontrava-me em condições de vigiar quase simultaneamente não só Lutetia como também a viúva do general e o famoso estilista. Apenas uma pessoa me escapou, meus amigos, apenas uma: muito em breve saberão a quem me refiro. E um dia pude ver como o famoso estilista, envolto em um casaco de pele que devia ter encomendado em Paris – pois não era pele russa, mas uma daquelas que, em Paris, passam por russas –, como ele, então, coberto com uma espécie de capuz feminino de astracã e uma touca azul de raposa da qual pendia uma borla prateada, subiu em um trenó e se dirigiu à viúva do general. Eu o segui, cheguei antes dele ao saguão, ajudei-o a tirar a extravagante pele – pois o porteiro era meu amigo havia vários dias – e esperei na antessala. A robusta viúva fez-lhe um relato desanimador, que eu também consegui ouvir. Todas as suas manobras haviam sido em vão. Escutei com grande prazer. Contra a Okhrana, ou de certo modo contra mim, nada podia fazer um grão-duque, nem mesmo um advogado judeu. Mas, na Rússia antiga, havia, como vocês sabem, três meios infalíveis... e ela os revelou a ele: dinheiro, dinheiro e dinheiro.

    O estilista estava disposto a pagar com dinheiro. Despediu-se, vestiu de novo o estranho casaco de pele e se acomodou no trenó.

    Na primeira noite em que suas 'criações' foram apresentadas, ele também apareceu, simpático, rechonchudo e, ao mesmo tempo, quadrado, em um fraque brilhante com colete branco, no qual reluziam pequenos botões vermelhos que lembravam joaninhas; ele apareceu nos bastidores, em frente aos camarins de suas modelos. Ah, ele foi incapaz de subornar mesmo o mais miserável de nós! Ele tilintava moedas de prata nos bolsos largos das calças de seu fraque, como uma bolsa de monge para coletar esmolas, e, apesar de seu luxuoso traje, parecia menos com um homem disposto a subornar do que com alguém que pede esmolas. Nem mesmo o mais execrável entre nós poderia ter aceitado dinheiro daquele estilista. Era evidente que, com grão-duques, ele podia atuar melhor do que com informantes.

Ele desapareceu. Nós fomos para os camarins.

Eu tremia. Se eu lhes disser que, naquele momento, senti medo, medo de verdade, pela primeira vez na minha vida o medo das órbitas oculares vazias, peço-lhes que acreditem em mim literalmente. Tive medo de Lutetia, medo do meu desejo de vê-la de camisola, medo da minha lascívia, medo do incompreensível, da nudez e da apatia, medo da minha própria prepotência. Ao entrar, eu me virei, dando-lhe as costas enquanto ela se trocava. Ela ria de mim. Ao lhe dar, timidamente, as costas, ela, com o ágil instinto feminino que fareja o medo e o desamparo dos homens apaixonados, deve ter percebido que eu era um dos informantes mais inofensivos do grande império dos czares. Mas nem seriam necessários instintos! Ela sabia perfeitamente que minha tarefa era observá-la de perto e, apesar disso, naquele momento, me via de costas e totalmente subjugado! Eu já estava entregue a Lutetia! Ela já me havia perscrutado por inteiro! Ah, meus amigos, é melhor se render a um inimigo declarado do que deixar uma mulher saber que você a ama. O inimigo os aniquila rapidamente! Mas a mulher... logo verão com que lentidão, com que lentidão criminosa...

Bem! Então lá estava eu olhando para a porta, contemplando a maçaneta branca e enfadonha, como se minha tarefa fosse vigiar aquele objeto inofensivo. Lembro com precisão: era uma maçaneta de porcelana comum. Nem mesmo uma rachadura podia se observar nela. Passou um bom tempo. Nesse ínterim, a amada do meu coração cantou, gorjeou, assobiou e chilreou nas minhas costas – e na frente do espelho, como pude adivinhar –, tanto melodias inocentes como libidinosas, e todas as suas canções, gorjeios, assobios e chilreados emanavam sarcasmo em estado puro. Sarcasmo puro!...

De repente, bateram à porta. Virei-me na mesma hora e vi, é claro, Lutetia – que, sentada diante do espelho oval de moldura dourada, tentava empoar as costas com uma esponja de pó enorme. Já estava vestida. Usava um vestido preto com um decote triangular nas costas e franjas de veludo carmesim nas bordas, e tentava com a mão direita, que segurava a enorme esponja de pó, alcançar as costas para empoá-las. Mais ainda do que tivesse me confundido vê-la nua, cegou-me naquele momento a combinação quase infernal – não encontro outro adjetivo – dessas cores. Desde aquele momento, vivo convencido de que as cores do inferno – onde, sem dúvida, irei parar um dia – são preta, branca e vermelha; e que em muitos lugares, nas paredes do inferno, por exemplo, pode-se ver aqui e ali o decote triangular de costas femininas; e a esponja de pó também.

Ao narrar, estou alongando demais um episódio que não durou mais que um instante. Antes que Lutetia pudesse exclamar: entre!, a porta se abriu. E, antes de me virar outra vez, comecei a suspeitar quem era o recém-chegado. Adivinhem, meus amigos! Quem vocês acham que era? Era meu velho amigo, sim, meu velho amigo Lakatos!

'Boa noite!', disse ele em russo. E começou, em francês, um longo discurso com Lutetia. Entendi muito pouco. Ele parecia não ter me reconhecido ou não querer me reconhecer. Lutetia se virou e lhe sorriu. Disse algumas palavras, ainda sorrindo, meio virada na poltrona, com sua grande esponja na mão, e vi sua imagem duplicada: a de carne e osso e a que refletia o espelho. Lakatos aproximou-se dela visivelmente claudicando, como sempre. Usava um fraque e botas de verniz, e uma flor vermelha de espécie desconhecida flamejava em uma casa de botão. Quanto a mim, estava praticamente anulado. Tinha a firme sensação de não ser um homem vivo nem para Lutetia nem para Lakatos. Eu estava prestes a duvidar de minha presença naquele camarim se não tivesse visto como Lakatos, de repente, arregaçou as mangas de seu fraque – suas abotoaduras rangeram levemente – e, com dois de seus dedos finos, tirou a esponja de pó das mãos de Lutetia. Ele se pôs não a polvilhar com pó as costas de uma mulher, mas a formar costas femininas totalmente novas, desenhando com ambas as mãos círculos inconcebíveis no ar, curvando-se sobre eles e ficando na ponta dos pés com o corpo todo esticado até tocar, por fim, as costas de Lutetia com a esponja. Ele cobriu de pó suas costas como quem pinta uma parede, e a operação durou um bom tempo. Lutetia sorriu... eu a vi sorrir pelo espelho oval. Finalmente, Lakatos se virou para mim e, com toda naturalidade, como se tivesse me reconhecido e cumprimentado quando entrou, disse: 'Então, velho amigo, também por aqui?'. Enfiou a mão no bolso de suas calças, onde moedas de ouro e prata tilintaram e retiniram. Eu conhecia esse som.

'É assim que temos de nos reencontrar!', prosseguiu. Eu não respondi. Por fim, após um longo silêncio, ele perguntou: 'Até quando pretende continuar incomodando essa senhora?'.

'Eu a incomodo contra a minha vontade', expliquei. 'Estou a serviço aqui!'

Ele levantou ambos os braços para o teto e exclamou: 'A serviço! Esse sujeito está a serviço!'. A seguir, virou-se para Lutetia e sussurrou algo em francês.

Ele fez sinal para eu me aproximar do espelho oval, perto de Lutetia, e disse: 'Todos os seus colegas foram embora. Todas as mulheres querem ficar em paz. Entendido?'.

'Estou a serviço', reiterei.

'Subornei todos!', contou Lakatos. 'Todas as mulheres querem tranquilidade! Quanto cobra?'

'Nem um centavo!'

'Vinte? Quarenta? Sessenta?'

'Não!'

'Cem?'

'Não!'

'Tenho ordens para não oferecer nem um rublo a mais.'

'Vá o senhor embora!', eu disse.

Naquele momento, a campainha tocou. Lutetia deixou o camarim.

'Vai se arrepender!', disse Lakatos. Ele saiu atrás de Lutetia, deixando-me, por um instante, confuso e angustiado. Senti um aroma penetrante de cosméticos, perfumes, pós e mulher. Nunca sentira esses aromas antes; ou, pelo menos, não os havia notado, o que sei eu? De repente, aquela combinação de aromas me invadiu como um doce inimigo, como se não fosse Lutetia que a tivesse deixado, mas meu amigo Lakatos. Era como se, antes de sua chegada, os perfumes, os cosméticos, os pós e a mulher não tivessem deixado rastro algum, e só Lakatos tivesse dado vida a todos esses aromas.

Saí do camarim em que estava e inspecionei os outros no corredor, um por um. Não encontrei meus colegas em parte alguma. Evaporaram, desapareceram, engolidos. Em troca de vinte, quarenta, sessenta ou cem rublos.

Fiquei nos bastidores, entre dois bombeiros que estavam de plantão, e pude ver de soslaio uma parte da plateia seleta e até distinta que lá se reunira para aplaudir um estilista parisiense ridículo e que, na época, temia essas pobres garotas denominadas 'modelos'. Então é assim o grande público – pensei comigo mesmo –, admira e teme ao mesmo tempo um estilista? E Lakatos? De onde viera? Que ventos o teriam levado até lá? Eu tinha medo. Sentia claramente que estava em suas mãos. Como me esquecera dele havia muito tempo, meus temores eram dobrados. Explico-me: na verdade, eu não o esquecera por completo; apenas o tinha reprimido, expulsando-o da minha memória, da minha consciência. Meu medo era, então, duplo, e, oh!, nada habitual, meus amigos, como aquele medo inspirado pelos homens, por exemplo! Só naquele momento, e graças àquela estranha variedade de medo, percebi, de fato, quem era Lakatos. Percebi, mas era como se eu ainda temesse a minha própria descoberta e tentasse ocultar isso de mim mesmo a qualquer preço, por assim dizer. Era como se eu tivesse sido condenado a lutar contra mim mesmo e a me defender de meus próprios ataques, em vez de lutar contra ele e me defender de seus ataques. A tal grau de cegueira pode chegar um ser humano, meus amigos, quando o grande sedutor assim o deseja. Podemos ter um medo assustador, mas confiamos muito mais nele do que em nós mesmos. Durante o primeiro intervalo, voltei a instalar-me no camarim de Lutetia. Eu disse a mim mesmo que, obviamente, era minha obrigação fazê-lo. Mas, na realidade, era uma sensação estranha, uma mistura de ciúme, obstinação, paixão e curiosidade... O que sei eu? Lakatos apareceu de novo, enquanto Lutetia se trocava, e eu, exatamente como antes, estava de costas para ela com os olhos fixos na porta. Embora eu lhe impedisse a passagem, ele não parecia me notar, como se eu não fosse um ser humano, mas uma simples caixa de roupas. Esquivou-se de mim com um único movimento circular – e deveras elegante – de seus ombros e quadris, e ficou atrás das costas de Lutetia, de modo que ela pudesse vê-lo no espelho diante do qual estava sentada. Sua entrada me irritou de tal maneira que, superando minha vergonha e esquecendo meu amor, me virei quase instantaneamente. Vi como Lakatos levou três dedos à boca franzida e disparou uma espécie de beijo no ar em direção à figura feminina no espelho. Então, repetiu a mesma expressão francesa várias vezes: *Oh, mon amour, mon amour, mon amour!* A imagem refletida de Lutetia sorriu. Um segundo depois – eu não entendi e continuo sem entender como aconteceu –, Lakatos colocou um grande buquê de rosas escuras na mesinha do espelho... e eu o tinha visto entrar de mãos vazias! A imagem refletida de Lutetia fez uma vênia sutil. Lakatos tornou a lhe lançar um beijo no ar, virou-se e, com a mesma volta circular com que se havia esquivado de mim ao entrar, deslizou ao meu lado e deixou o aposento."

* * *

"Quando vi com meus próprios olhos que era possível fazer surgir como um passe de mágica buquês de flores que antes não existiam, meu medo profissional despertou junto com meu medo particular. Ambos os medos se instalaram no meu peito, unidos como um par de gêmeos inseparáveis. Se um ser humano conseguia, diante dos meus olhos, criar um buquê do nada, então Lutetia ou Lakatos também podiam, sem nada nas mãos, fazer uma daquelas bombas que tanto amedrontavam meus chefes e seus superiores. Compreendam-me: eu não estava preocupado com a vida do czar, nem com a dos grão-duques, nem com a do governador. Nunca me importei com os grandes deste mundo, especialmente naqueles dias! Não, eu tremia só de pensar na catástrofe, na catástrofe nua e crua, embora ignorasse qual aspecto e que semblante ela poderia adotar. Ela parecia inevitável para mim. Lakatos me deu a impressão de ser inevitavelmente a causa ou, ainda mais, de precisar sê-lo. Nunca fui muito religioso por natureza, nem quebrei a cabeça pensando em Deus ou no céu. Mas então comecei a ter uma ideia do inferno... e, da mesma forma como se pensa em chamar os bombeiros só quando um incêndio irrompe, assim comecei, naqueles dias, a enviar orações absurdas e desconexas, embora muito íntimas e fervorosas, ao desconhecido Senhor do universo. De pouco me serviram, no entanto, talvez porque eu ainda tinha pouquíssimas atribulações a meu crédito. Outras totalmente diferentes me aguardavam.

Comecei a redobrar minha atenção. Por dez dias devia permanecer o estilista de Paris entre nós; mas, depois de três, começou a haver rumores de que seus vestidos, ou, melhor dizendo, suas 'criações', haviam cativado tanto as senhoras de nossa sociedade que se pensava em prolongar sua estada por mais dez dias. Que notícia tão feliz e ao mesmo tempo desconcertante para mim! Fui encarregado de supervisionar a então famosa mansão da senhora Lukatchevski, onde costumavam se reunir, depois da meia-noite, os oficiais da guarnição. Eu a conhecia, por motivos profissionais, mas só por fora. Nunca tinha visto seu interior. Até me deram trezentos rublos para o que chamam de despesas de representação, e um fraque de serviço, como costumavam usar, alternadamente, um em cada três de nossos homens do departamento de eventos sofisticados. O fraque estava perfeito. Pendurei uma ordem grega em volta do pescoço: ouro com borda vermelha e uma fita de seda carmesim. Dois lacaios da senhora Lukatchevski estavam a nosso serviço. Às doze horas, postei-me em frente à residência. Esperei um horário oportuno e, presumindo que a minha presença já não chamaria atenção àquela hora, entrei na casa com cartola, bengala, pelerine e medalha. Cumprimentei, como se fossem velhos conhecidos, vários dos senhores fardados e à paisana, sobre os quais recebi informações muito precisas. Eles sorriram para mim, com aquele sorriso fatal e vazio com o qual, no grande mundo, se cumprimenta o amigo, o inimigo e o indiferente. Alguns minutos depois, um dos nossos lacaios me deu um sinal para segui-lo. Fui parar em um daqueles aposentos discretos no primeiro andar, cujas funções vocês não conhecem, não são destinadas ao amor ou ao que geralmente recebe esse nome, mas às testemunhas, a espiões, informantes e delatores. Através da fenda, bastante larga, de uma divisória muito fina e estofada, podia-se ver e ouvir tudo.

Então – eu vi, meus amigos! – vi Lutetia, a amada do meu coração, na companhia do jovem Krapotkin. Oh, eu o reconheci imediatamente, não havia dúvida a respeito! Como eu poderia não o ter reconhecido! Naquela época, eu era um ser tão desprezível que podia mais facilmente reconhecer algo execrável do que algo apreciado ou agradável. Sim, e eu praticava esse hábito, por assim dizer, tentando me aperfeiçoar em seu uso. Vi, então, Lutetia, a amada do meu coração, nos braços do homem que, a certa altura, eu costumava considerar meu inimigo; nos braços do homem que eu praticamente esquecera no decurso dos meus últimos e ignominiosos anos; nos braços do meu odiado e falso irmão, o príncipe Krapotkin."

* * *

"Vocês entendem, meus amigos, tudo o que passou pela minha cabeça naquele momento: de repente – eu não pensava naquilo havia muito tempo –, lembrei-me do meu vergonhoso sobrenome 'Golubtchik'; de repente, lembrei-me de que devia minha profissão miserável exclusivamente à família Krapotkin; de repente, pensei que decerto, na época, o velho príncipe teria me reconhecido sem dificuldade em Odessa, se aquele jovem não tivesse irrompido em seu escritório com uma alegria tão ofensiva; de repente, a velha e tola vaidade dos meus anos de juventude, bem como a sua amargura, despertaram de novo. Sim, a amargura também! Não, ele não era filho de Krapotkin! Mas eu era. E nele recaiu o sobrenome e tudo o que esse sobrenome implicava: fama, prestígio e dinheiro; fama, dinheiro, o grande mundo e a primeira mulher que amei na vida.

Vocês entendem, meus amigos, o que isso significa: a primeira mulher que se ama. Ela pode fazer tudo. Eu era um miserável, e talvez, na época, pudesse me tornar uma pessoa boa. Mas não me tornei uma pessoa boa, meus amigos! No momento em que vi Krapotkin e Lutetia juntos, a chama do mal – à que, pelo visto, eu estava condenado desde que nasci e que, até então, só havia ardido suavemente dentro de mim – levantou-se como poderoso incêndio. Minha queda era certa.

Como soube então da minha queda, pude observar atentamente os dois objetos de minhas paixões: do meu ódio e do meu amor. Nós nunca vemos tudo tão clara e friamente como quando pressentimos a iminência do abismo e sua escuridão. Senti amor e ódio ao mesmo tempo; ambas as paixões estavam tão intimamente unidas em meu coração quanto aquele casal na sala contígua: Lutetia e Krapotkin. Ambos os sentimentos lutavam tão pouco entre si quanto os dois seres humanos que pude observar; em vez disso, fundiram-se numa volúpia que era, sem dúvida, maior, mais sensual e mais violenta do que a união carnal daqueles dois.

Não senti nenhum tipo de desejo físico, nem mesmo ciúme; pelo menos não aquela forma habitual de ciúme que, talvez, todos nós já tenhamos sentido alguma vez ao observar como nos arrebatam um ser amado e, mais ainda, como esse ser amado se deixa ser levado feliz e contente. Talvez eu nem estivesse amargurado. Nem queria me vingar. Ao contrário, assemelhava-me a um juiz frio e objetivo que consegue observar os criminosos enquanto cometem o crime que, mais tarde, terá de julgar. Pronunciei, naquele momento, o veredicto: morte a Krapotkin! Só estranhava ter esperado tanto tempo. Pois notei que essa sentença de morte fora decidida, produzida e selada dentro de mim havia muito tempo. Não era, repito, sede de vingança. Foi, na minha opinião, consequência natural da justiça comum, moral e objetiva. Eu não fui a única vítima de Krapotkin. Não! A lei em vigor da justiça moral foi sua vítima. Em nome dessa lei, pronunciei meu veredicto: pena de morte."

* * *

"Naquela época, um informante chamado Leibusch vivia em São Petersburgo. Era um homem minúsculo, que não chegava a 120 centímetros, não era sequer um anão, mas a sombra de um anão. Era um colaborador muito respeitado pelos meus colegas. Eu só o tinha visto de passagem algumas vezes. Para dizer a verdade: embora muita água já houvesse passado debaixo da minha ponte, como se diz, eu o temia. Havia em nossa instituição muitos fraudadores e impostores, mas nenhum tão oportunista e inescrupuloso como ele. Num piscar de olhos, ele podia apresentar provas de que um criminoso era um cordeiro inocente, por exemplo, ou de que um inocente havia preparado um atentado contra o czar. Apesar de já ter me rebaixado tanto, meus amigos, eu ainda tinha a convicção de que não fazia o mal por pura crueldade, mas porque o destino havia me condenado a fazê-lo. Por mais incompreensível que pareça, eu ainda me considerava um 'bom homem', como se diz. Pelo menos eu sabia que estava fazendo o mal e, portanto, tinha de me redimir comigo mesmo. Fui vítima de uma injustiça. Eu me chamava Golubtchik. Tudo a que eu tinha direito desde o nascimento fora tirado de mim. A meu ver, meu infortúnio era, então, uma desgraça totalmente injusta. Eu tinha, em certa medida, o direito legal de ser ruim. Mas os outros, que fizeram o mal comigo, não tiveram esse direito de forma alguma.

Bem, então procurei nosso informante Leibusch. Somente quando estava diante dele tomei consciência da monstruosidade dos meus propósitos. Sua pele amarelada, seus olhos sombreados de vermelho, sua pele esburacada e sua figura desumana e minúscula estavam prestes a deitar por terra minha firme convicção de ser um juiz e um executor da lei. Senti um certo acanhamento antes de lhe dirigir a palavra.

'Leibusch', eu disse, 'agora o senhor pode demonstrar sua competência.' Naquele momento, estávamos em uma das antessalas do nosso chefe. Sozinhos, encolhidos lado a lado em um sofá de pelúcia verde-veneno que me pareceu ser um banco dos réus. Sim, eu estava sentado justamente em um banco dos réus, quando me preparava para julgar e pronunciar uma sentença.

'O que mais devo demonstrar?', disse o minúsculo homem. 'Já demonstrei tantas coisas!'

'Preciso de material, respondi, 'contra um indivíduo'.

'Alguma personalidade importante?'

'Naturalmente!'

'Quem é?'

'O jovem Krapotkin!'

'Não é difícil', disse o homúnculo, 'nada difícil!'

Quão fácil tudo acabou sendo! Aquele homúnculo não pareceu surpreso por eu precisar de material contra Krapotkin. Estavam reunindo material contra Krapotkin havia muito tempo. Estive a ponto de me sentir um ser magnânimo por ter ignorado isso até então. O que eu estava prestes a cometer quase não era uma infâmia, mas um autêntico dever judicial.

'Quando?', perguntei.

'Amanhã a esta mesma hora', disse o homúnculo.

Ele possuía um material deveras precioso. A metade teria sido suficiente para assegurar a um russo comum vinte anos de Katorga[3]. Estávamos no tranquilo aposento dos fundos de uma sala de chá cujo proprietário era um conhecido meu, e começamos a folhear o material. Havia cartas dirigidas a amigos, oficiais e personalidades de alto escalão, a anarquistas conhecidos e a escritores suspeitos, e uma infinidade de fotografias extremamente convincentes. 'Olhe!', disse o homúnculo, 'falsifiquei tudo isso!'

Olhei para ele. Nada se alterava em seu rostinho amarelo, no qual seus olhos, nariz e boca mal podiam se encaixar, e cujas bochechas finas haviam se afundado gradualmente. As feições daquele rosto careciam, de certa forma, de espaço para se alterar. Ele contou: 'Isso eu falsifiquei!'. E: 'Isso eu falsifiquei!'. E: 'Isso eu falsifiquei!'. Tudo isso sem mover um único músculo facial. Aparentemente lhe era indiferente ter falsificado as fotos ou que elas fossem autênticas. Elas ainda eram fotos. Mais do que fotos: provas. Como, por muitos anos, vinha verificando que fotos falsas constituíam provas tão confiáveis quanto as equivalentes autênticas, ele já não sabia distinguir estas daquelas, e acreditava, com uma ingenuidade beirando o infantilismo, que as falsificações que ele mesmo havia produzido não eram falsificações. Sim, penso

---

[3] Katorga (do grego *kateirgon*, "forçar") foi um sistema prisional da Rússia Imperial. Os prisioneiros eram mandados a campos desabitados da Sibéria e forçados ao trabalho escravo. Esse sistema começou no século XVII e foi apropriado pelos bolcheviques depois da Revolução Russa e transformado nos *gulags*, uma rede de campos de detenção e de trabalhos forçados espalhada por toda União Soviética e que representou o principal instrumento de repressão política do governo central de Moscou. (N.T.)

que ele ignorava por completo como uma fotografia falsa de fato difere de uma autêntica, ou uma carta verdadeira de uma falsa. Seria injusto incluir esse minúsculo Leibusch entre os criminosos. Era um degenerado, pior do que um criminoso, ainda pior do que eu, meus amigos!

Eu sabia perfeitamente o que fazer com as cartas e as fotografias. Meu ódio fazia sentido. Mas aquele homem minúsculo não era juiz nem odiava ninguém. Todo o mal que fez foi gratuito, o diabo lhe ordenara pura e simplesmente fazer o mal. Ele era tonto como um ganso, mas extremamente sagaz para fazer coisas difíceis cujos significado e propósito ele não entendia. Nem sequer exigiu uma pequena vantagem material. De certa forma, fez tudo por gentileza. Não me pediu dinheiro, nem promessas, nem recompensas. Entregou-me todo o material, tão valioso para mim, sem alterar suas feições, sem me perguntar para que eu o queria, sem me pedir nada em troca e, é claro, sem sequer me conhecer. Sua recompensa viera de outro lugar, pareceu-me.

No fim, o que me importava? Peguei o que precisava sem perguntar de onde ou de quem veio. Peguei logo o material daquele homem minúsculo.

Meia hora depois, eu estava no escritório do meu superior imediato. Duas horas depois, prenderam o jovem Krapotkin."

* * *

"Ele não ficou muito tempo na prisão, meus amigos, tempo nenhum. Três dias no total. No terceiro dia, fui chamado pelo nosso chefe, que me disse o seguinte:

'Jovem, achei que fosse mais inteligente!'

Fiquei em silêncio.

'Jovem', ele prosseguiu, 'explique sua estupidez.'

'Vossa Excelência', eu disse, 'é provável que eu tenha cometido uma estupidez... já que Vossa Excelência o diz; o que eu não posso é explicá-la.'

'Bem', respondeu Sua Senhoria. 'Vou explicá-la ao senhor: está apenas apaixonado. Nesta oportunidade, tomarei a liberdade de fazer uma observação filosófica, como se diz: tome nota, meu jovem! Um homem que quer ter sucesso na vida nunca deve se apaixonar. Sobretudo um homem que tem a imensa sorte de trabalhar conosco; ele não deve ter sentimentos. Pode desejar uma determinada mulher... parece-me compreensível. Mas, se um poderoso cruzar seu caminho, nosso homem tem de reprimir seus desejos. Ouça-me bem, jovem! Eu só conheci um desejo ao longo da minha vida: tornar-me grande e poderoso. E hoje sou grande e poderoso. Posso vigiar até mesmo Sua Majestade, nosso czar... a quem Deus dá saúde e felicidade. Mas por que posso fazer isso? Porque nunca, na minha longa vida, amei ou odiei. Sempre renunciei ao prazer... é por isso que não sei o que é uma verdadeira paixão. Eu nunca estive apaixonado; portanto, não sei o que é ciúme. Nunca odiei na minha vida, por isso ignoro a sede de vingança. Nunca disse a verdade; portanto, não senti a satisfação de uma mentira bem-sucedida. Jovem, tenha isso em mente! Meu dever é puni-lo. O príncipe é poderoso e nunca esquecerá o insulto. Por uma garotinha ridícula, arruinou sua carreira. Sim, e até a mim mesmo ocasionou uma repreensão extremamente desagradável, entendeu? Tenho pensado por um longo tempo sobre a punição que o senhor merece. E decidi aplicar a mais severa de todas as punições. O senhor está condenado a seguir aquela mulher ridícula. Eu o condeno, como se diz, ao amor eterno. Irá a Paris como nosso agente. Quando chegar, apresente-se imediatamente ao conselheiro P. da embaixada. Aqui estão seus documentos. Deus o proteja, meu jovem! É a sentença mais dura que pronunciei na minha vida.'

Naquela época, eu era jovem, meus amigos, e estava apaixonado! Assim que Sua Senhoria pronunciou a sentença, algo extraordinário aconteceu comigo, algo ridículo: senti uma força desconhecida me impelir a ajoelhar-me, e caí realmente de joelhos diante do nosso chefe todo-poderoso, cuja mão procurei tateando para beijá-la. Ele a esquivou de mim, levantou-se e ordenou que me levantasse imediatamente e não fizesse mais coisas estúpidas. Oh! Ele era grande e poderoso porque não era um ser humano! É claro que ele não entendia absolutamente nada do que acontecia comigo. E me expulsou.

Já fora, no corredor, verifiquei meus documentos. Fiquei paralisado de felicidade e surpresa. Nos meus documentos, constava o sobrenome Krapotkin, que também aparecia no meu passaporte. Em uma carta anexada ao conselheiro P., apresentaram-me como um daqueles agentes que tinham a missão expressa de vigiar os chamados elementos subversivos da Rússia na França. Que tarefa horrível, meus amigos! E pensar que, naquela época, me parecia nobre! Que ser execrável eu era! Execrável e perdido! Todas as pessoas execráveis são, de fato, perdidas.

Apenas dois dias depois, o glamouroso estilista teve de viajar com as suas mulheres, e todos acompanhados por mim. Ele foi me apresentado pouco antes da partida. Aos seus olhos, tolos e vaidosos, eu era um representante da alta nobreza russa, um príncipe e até um Krapotkin... pois ele deve ter imaginado realmente que lhe havia sido dado um príncipe verdadeiro como acompanhante. Eu mesmo acreditei quando soube que, pela primeira vez, tinha um passaporte com o sobrenome Krapotkin no bolso. Contudo, eu já sentia naquela época, no fundo do meu coração, a dupla ou tripla ignomínia à qual fui submetido: eu era um Krapotkin, um Krapotkin de sangue azul e um informante; apenas como policial eu usava o sobrenome que me pertencia por direito. Indigno ao máximo, eu havia comprado e roubado algo que deveriam ter me atribuído de maneira digna. Foi assim que pensei à época, meus amigos, e teria sido certamente muito infeliz sem o amor que eu sentia por Lutetia. Mas esse amor desculpava e apagava tudo. Lá estava eu com Lutetia, ao seu lado, acompanhando-a até a cidade onde vivia. Eu a amava.

Eu a desejava com todos os meus sentidos. Eu morria por ela, como se diz. Mas, naquele momento, não prestei atenção nela. Esforcei-me para parecer indiferente, embora esperasse, é claro, que ela me notasse espontaneamente e me comunicasse, com um olhar, um gesto ou um sorriso, que me havia notado. Mas ela não fez nada. Tenho certeza de que não me notou. E por que deveria ter me notado?

Aliás, foram as primeiras doze horas da nossa viagem. Por que ela deveria ter me notado durante essas primeiras doze horas?

Nós tivemos de fazer um desvio. Não viajamos diretamente; aquelas senhoras da alta sociedade que, por uma casualidade, estavam em Moscou ou moravam lá, e que de modo algum consideravam deixar o famoso estilista sair da Rússia sem que o vissem com suas modelos, haviam categoricamente solicitado que ele fizesse uma parada de pelo menos um dia em Moscou. Bem! Fizemos escala em Moscou. Chegamos pouco depois do meio-dia e nos instalamos no Hotel Europa. Mandei enviar buquês de rosas escuras para todas as mulheres – iguais para todas. Apenas no buquê destinado a Lutetia coloquei um cartão meu. Oh, é claro que não era o autêntico, pois nunca o tivera. Mas, naquele momento, eu dispunha de nada menos que quinhentos cartões de visita falsos, com o sobrenome Krapotkin. Devo dizer que, muitas vezes, tirava um cartão da carteira e o contemplava, deleitando-me com ele. Quanto mais o contemplava, mais acreditava que era autêntico. Olhava para mim mesmo naquele cartão falso, um pouco como uma mulher gosta de se observar em um espelho que realça seus encantos. Como se não soubesse que era falso, eu tirava meu passaporte de vez em quando para que seu testemunho oficial confirmasse, por assim dizer, que meu cartão de visita não havia mentido.

Tão estúpido e vaidoso eu era naquela época, meus amigos, embora uma paixão muito maior ainda me dominasse. Sim, até essa minha paixão, que não é outra coisa senão o amor, foi nutrida por minha vaidade e minha estupidez."

* * *

"Ficamos dois dias em Moscou, e as senhoras da alta sociedade apareceram todas, tanto as de Moscou quanto as outras, vindas de propriedades próximas e distantes. À tarde, no hotel, houve uma apresentação breve e concorrida, por assim dizer. O estilista não usava fraque. Vestia seu smoking violeta, uma camisa de seda rosa-pálida e uma espécie de pantufa de verniz marrom. As senhoras ficaram fascinadas. Ele as cumprimentou com um longo discurso, e elas, por sua vez, responderam com elogios e discursos ainda mais longos. Embora meu francês fosse, na época, bastante rudimentar, pude notar que as senhoras se esforçavam para imitar a entonação do estilista. Tomei cuidado de não falar com elas, pois uma ou outra provavelmente poderia perceber que eu não era Krapotkin... mesmo que fosse apenas por causa do meu ridículo francês. Além disso, elas só se importavam com o estilista e os vestidos. Com o estilista ainda mais! Com que prazer elas também teriam usado, contrariando todas as leis da feminilidade, um smoking violeta e uma camisa de seda rosa-pálida!

Mas basta de considerações estéreis! Cada época tem seus estilistas ridículos, suas modelos ridículas e suas mulheres ridículas. As mulheres que hoje vestem o uniforme da Guarda Vermelha na Rússia são filhas das senhoras que, naquela época, estavam dispostas a vestir um casaco masculino de cor violeta, e talvez as filhas das mulheres da atual Guarda Vermelha tenham de usar, um dia, algo parecido.

Saímos de Moscou e chegamos à fronteira. No momento em que chegamos, só naquele momento, ocorreu-me, de repente, que eu corria o risco de perder Lutetia se não agisse rápido. O que fazer? O que faz um homem tão perdido quanto eu, que exerce o mais abominável de todos os ofícios? Ah, meus amigos, ele nunca terá a fantasia leve, alegre e divina dos reles amantes! Um homem da minha categoria tem uma fantasia vil, de policial. Espreita a mulher amada com os meios que sua profissão lhe oferece. E nem mesmo a paixão consegue enobrecer esses indivíduos, cujo princípio fundamental é abusar da força. Deus sabe se abusei da minha.

Na fronteira, fiz um sinal para um dos meus colegas, que o entendeu de pronto. Vocês, sem dúvida, lembrarão, meus amigos, o que uma fronteira russa significava naquela época. Não era tanto a fronteira do poderoso império dos czares como limite de nossa arbitrariedade, ou seja, da arbitrariedade da polícia russa. O poder do czar tinha suas fronteiras, mesmo dentro de seu próprio palácio. Mas nosso poder, o poder da polícia, só cessava nas fronteiras do império e, muitas vezes – como vocês logo ouvirão –, não muito além das nossas fronteiras. Afinal de contas, era um enorme prazer para um policial ver um homem inofensivo tremer; em segundo lugar, agradar a um colega, e, em terceiro – e este é particularmente importante –, incutir medo em uma garota bonita. Esta, meus amigos, é a variante peculiar do erotismo policial.

Meu colega me entendeu imediatamente. Eu desapareci por um tempo e esperei no escritório do chefe. O estilista e todas as suas acompanhantes tiveram de se submeter a uma inspeção embaraçosa, e de nada serviu ao glamouroso estilista sua extrema loquacidade, nem o fato de apelar aos seus contatos com as esferas mais altas. Nós não entendíamos francês, simplesmente. Em vão, pediu para falar comigo, com o príncipe Krapotkin. Embora eu pudesse observá-lo através de um pequeno visor de vidro na parede que separava o escritório do chefe da sala de revisão, ele não me via. Permaneci desaparecido. Eu o observava andando entre o numeroso grupo de suas modelos, perplexo e importante, mundano e, ao mesmo tempo, perdido, presunçoso e tímido, orgulhoso como um galo, covarde como uma lebre e tonto como um burro. Confesso que fiquei feliz. Embora, na realidade, não devesse desperdiçar meu tempo observando-o e desprezando-o. Pois eu amava Lutetia! Mas é assim que eu sou, meus amigos! Muitas vezes nem sei o que pensar de mim mesmo...

Mas isso não é o mais importante. O principal foi que, graças ao companheirismo consciente do meu colega, encontraram, de repente, um revólver na mala de Lutetia. O estilista corria de um lado para o outro, desorientado, e invocou meu nome várias vezes, como se invocam os deuses, mas não apareci. Contente e maldoso, um deus e um informante ao mesmo tempo, observava, através de um olho mágico, Lutetia, que, pálida e desamparada, fazia o que todas as mulheres costumam fazer em circunstâncias semelhantes: começou a chorar. Lembrei-me de que, apenas duas semanas antes e através de um olho mágico semelhante, eu a havia visto cair feliz nos braços do jovem Krapotkin, e até a ouvi rir. Oh, eu não tinha esquecido aquela maneira especial de rir! E senti, como sou um homem abominável, meus amigos, uma enorme satisfação. O trem podia esperar, duas horas, três até... sobrava-me tempo.

Finalmente, quando Lutetia, chorando e sem palavras, se atirou ao pescoço do estilista e todas as outras modelos começaram a circular em torno dos dois, de modo que a cena remetia a um massacre trágico, um galinheiro em polvorosa e ao mesmo tempo a uma aventura romântica de um estilista romântico, entrei em cena. De imediato, meu colega fez uma reverência diante de mim e disse: 'Às ordens de Vossa Excelência!'.

Eu nem sequer olhei para ele. Limitei-me a perguntar, dirigindo-me à sala e sem olhar especificamente para alguém: 'O que aconteceu aqui?'.

'Vossa Alteza', começou meu colega, 'encontraram um revólver na mala de uma dessas senhoritas.'

'Esse revólver é meu', expliquei. 'As senhoritas estão sob minha proteção.'

'Às suas ordens!', disse o agente.

E todos entramos no trem."

* * *

"É claro que, tal como eu havia previsto, o estilista se atirou ao meu pescoço, assim que estávamos no trem. 'Quem é a senhorita com o revólver?', perguntei. 'Uma garota inofensiva', respondeu ele, 'não consigo explicar isso nem para mim mesmo'. 'Eu gostaria de falar com ela', eu disse. 'Imediatamente', assentiu. 'Vou buscá-la.'

Ele a trouxe para mim e retirou-se no mesmo instante. Ficamos, então, Lutetia e eu, a sós.

Escurecia, e o trem parecia rodar cada vez mais rápido pela noite que se adensava. Fiquei surpreso com fato de ela não me reconhecer. De alguma forma, tudo contribuía para me lembrar de que eu tinha pouco tempo para alcançar meu objetivo. Por isso, achei oportuno lhe perguntar naquele mesmo instante: 'Onde está meu revólver?'.

Em vez de me dar uma resposta – o que ainda seria possível –, Lutetia se atirou em meus braços.

Eu a sentei no meu colo. Na penumbra do anoitecer que nos envolvia através das duas janelas, ou seja, dos dois lados – não era mais *um* anoitecer, eram dois –, começaram as carícias que todos vocês conhecem, meus amigos, e que tantas vezes marcam o início da nossa desgraça pessoal."

* * *

Nesse ponto de sua história, Golubtchik permaneceu em silêncio por um longo tempo. Seu silêncio pareceu mais longo dessa vez porque ele não bebeu uma única gota. Nós nos limitamos a tomar alguns goles de nossas bebidas, envergonhados e relutantes ao ver que Golubtchik mal prestava atenção em seu copo. Seu silêncio dava, então, a impressão de ser um silêncio, de certo modo, duplo. Um narrador que interrompe seu relato sem levar aos lábios o copo que tem diante de si desperta em seus ouvintes uma estranha sensação de angústia. Todos nós, os ouvintes de Golubtchik, nos sentimos angustiados. Ficamos constrangidos de olhar em seus olhos e fixamos um olhar meio estúpido em nossos copos. Se ao menos tivéssemos ouvido o tique-taque de um relógio! Mas nada! Nem um tique-taque, nem uma mosca zumbindo, nem sequer um ruído, da rua noturna, atravessando a sólida persiana de ferro. Estávamos simplesmente à mercê de um silêncio sepulcral. Longas e longas eternidades pareciam ter passado desde que Golubtchik iniciara sua história. E digo eternidades, não horas. Pois quando o relógio de parede do restaurante parou e mesmo assim lançamos a ele um olhar furtivo, apesar de saber que estava parado, o tempo pareceu se extinguir, e já não eram meros ponteiros pretos sobre o mostrador branco, eram ponteiros sombrios. Sim, sombrios como a eternidade, insistentes em sua imobilidade tenaz e quase infame; e tivemos a impressão de que eles não se moviam, não porque o relógio não funcionasse, mas porque obedeciam a um pérfido bordão, como se quisessem demonstrar que a história que Golubtchik nos contava era eternamente válida e desolada, a despeito do tempo e do espaço, do dia e da noite. E assim como o tempo parou, o espaço em que nos encontrávamos também estava livre de todas as leis espaciais; era como se estivéssemos pisando não a terra firme, mas as águas sempre ondulantes do mar eterno. Parecia-nos que estávamos em um barco. E o nosso mar era a noite.

Só no final daquela longa pausa Golubtchik voltou a beber um gole do seu copo.

"Estive pensando", disse ele ao retomar sua narrativa, "se devo ou não lhes contar, com riqueza de detalhes, o que aconteceu comigo depois. Prefiro não o fazer. Mas gostaria de passar imediatamente à minha chegada a Paris.

Então, cheguei a Paris. Não preciso lhes dizer o que uma cidade como Paris significava naquele momento para mim, o pequeno Golubtchik, o informante que se desprezava, o falso Krapotkin, o amante de Lutetia. Custou-me um esforço enorme não acreditar que meu passaporte era falso e que a tarefa imunda de vigiar os chamados 'sujeitos perigosos para o Estado', os refugiados, era realmente minha. Foi preciso um esforço inverossímil para me convencer, definitivamente, de que a minha existência era perdida e equivocada; meu sobrenome, emprestado, quando não roubado, e meu passaporte, o infame documento de um infame informante. No momento em que reconheci tudo isso, comecei a me odiar. Eu sempre me odiei, meus amigos! Vocês já devem ter percebido depois de tudo o que lhes contei. Mas o ódio que senti então contra mim era um ódio de outro tipo. Pela primeira vez, senti desprezo por mim mesmo. Até então, eu nunca suspeitara que uma existência falsa, construída sobre um sobrenome emprestado e roubado, pudesse destruir a outra, a real. Mas, dessa vez, senti na própria carne a inexplicável magia da palavra, da palavra escrita e copiada. O fato é que um chefe de polícia inútil e desajuizado havia me expedido um passaporte em nome de Krapotkin e, ao fazê-lo, não pensara em mais nada; considerou muito natural atribuir o sobrenome Krapotkin a um informante chamado Golubtchik. No entanto, sempre houve e sempre haverá magia em toda palavra falada e, ainda mais, em toda palavra escrita. O simples fato de ter um passaporte com o sobrenome Krapotkin me transformou em um Krapotkin por excelência; mas esse passaporte veio me mostrar, ao mesmo tempo – ainda que de maneira distinta e totalmente irracional –, que não só o havia adquirido sem direito algum como também para fins pouco honestos. Ele era, de certo modo, o testemunho permanente da minha má consciência. Forçou-me a me tornar um Krapotkin quando eu não podia deixar de ser um Golubtchik. Eu era Golubtchik, sou Golubtchik e continuarei sendo Golubtchik, meus queridos amigos!

Mas, além disso – e esse 'além disso' é importante e significativo –, eu estava apaixonado por Lutetia. Entendam-me bem: eu estava apaixonado, eu, Golubtchik. Mas ela, que se entregara a mim, talvez estivesse apaixonada – quem poderia sabê-lo? – pelo príncipe Krapotkin que eu tinha de representar. De minha parte, eu ainda era, de certo modo, Golubtchik, embora com a firme convicção de ser Krapotkin; mas, para ela, para ela, que naquele momento era tudo na minha vida, eu era Krapotkin, um primo daquele tenente da Guarda Imperial, meu meio-irmão, a quem eu odiava e quem a abraçara em minha presença.

Digo: em minha presença. Pois, na ocasião, eu estava naquela idade em que todo homem odeia profundamente aqueles que, antes dele, 'possuíram', como se costuma dizer, sua mulher amada. E como eu poderia não odiar meu falso meio-irmão? Ele tinha me tirado o pai, o sobrenome e a mulher amada! Se algum ser humano no mundo merecia o epíteto de inimigo, era ele. Eu ainda não havia esquecido como ele invadira a sala do meu pai – não era dele – para me forçar a sair. Eu o odiava. Oh, como o odiava! Quem, senão ele, era culpado por eu exercer o mais vil de todos os ofícios? Sempre estava no meu caminho. Eu era impotente diante dele; ele me dominava com seus poderes. Sempre, sempre diante de mim, sim, sempre, sempre ressurgindo para se levantar contra mim. O príncipe Krapotkin não o havia gerado. Fora outra pessoa. E, no mesmo segundo em que um outro o gerou, ele começou a me enganar. Oh, eu o odiava, meus amigos! Como o odiava!

Permitam-me, meus amigos, descrever minuciosamente as circunstâncias em que me tornei amante de Lutetia. Não foi difícil. Não foi fácil. Eu estava apaixonado naquela época, meus amigos, e hoje acho difícil dizer se me foi ou não penoso ser amante de Lutetia. Foi difícil e fácil, foi fácil e difícil... como quiserem, meus amigos!"

* * *

"Naquela época, eu não tinha uma ideia muito precisa do mundo, nem das estranhas leis que regem o amor. Certamente, dada a minha profissão de informante, seria lógico pensar: um homem bastante experimentado! No entanto, apesar do meu trabalho e de todas as experiências que ele me propiciava, eu era um bobo inofensivo diante de Lutetia. E, por 'diante de Lutetia', quero dizer diante de todas as mulheres, das mulheres em geral. Lutetia era a mulher por excelência – a mulher arquetípica. A mulher da minha vida. Era a mulher, sim, a senhora da minha vida.

É muito fácil agora, meus amigos, zombar do estado em que eu me encontrava naquela época. Hoje sou velho e experiente. Hoje somos todos velhos e experientes. Mas cada um de vocês se lembrará de algum momento em que era jovem e insensato. Bem, talvez para cada um de vocês não tenha sido mais do que uma hora, medida no relógio. Para mim foi uma hora muito longa, uma hora longa demais... como vocês logo verão.

* * *

"Apresentei-me na embaixada russa como me havia sido ordenado, e como era meu dever.

Lá falei com um homem, prestem atenção ao que lhes digo, um homem de quem gostei à primeira vista. De quem realmente gostei muito. Era um homem grande e forte. Um homem forte e bonito. Seu lugar poderia ser na Guarda Imperial, mais do que em nossa polícia secreta. Eu nunca tinha visto homens como ele em nossa instituição. Sim, devo dizer que, depois de ter conversado com ele uns quinze minutos, quase senti pena ao vê-lo ocupar uma posição em que era impossível escapar da ignomínia. Sim, senti pena! Tamanha era a calma, pura e diáfana, que sua pessoa irradiava, como diria: uma força harmoniosa que revelava um coração verdadeiro. 'Já fui informado sobre o senhor', disse-me ao me cumprimentar. 'Sei que disparate cometeu. Bem, com que sobrenome pretende viver aqui agora?' Com que sobrenome? Sim, eu já tinha um, o único que condizia comigo. Eu me chamava Krapotkin. Até cartões de visita eu tinha. Assim miseráveis eram minhas reflexões naquele tempo. Há anos venho fazendo canalhices... e nada, meus amigos, torna um homem mais inteligente, experiente e poderoso do que a prática da espionagem. É nisso que se acredita. Mas não, nós nos enganamos. Minhas vítimas não só eram, decerto, mais nobres do que eu como também, consideravelmente, mais inteligentes, e mesmo para a mais ingênua entre elas teria sido impossível ser tão vaidosa, ridícula e infantil. Eu já estava em pleno inferno, sim, já era um servo calcinado do inferno, e o único, cego e absurdo instinto impulsor da minha vida continuava sendo – pois eu o sentia naquele momento – a dor de nomearem-me Golubtchik, a humilhação que eu pensava ter experimentado, e minha insistência em querer ser, a todo custo, um Krapotkin. A astúcia e a vileza – ainda estava convencido – me ajudariam a apagar o que eu considerava o estigma da minha vida. Mas não fiz senão acumular vergonha atrás de vergonha sobre minha pobre cabeça. Naquela época, comecei a sentir também, embora vagamente, que, na verdade, eu não havia seguido Lutetia por amor e que, para justificar-me, havia inventado uma paixão poderosa, como só as almas nobres a podem sentir. A verdade é que eu estava determinado a ter Lutetia, obcecado como estava a não continuar sendo Golubtchik. Fui criando em meu interior, ou seja, contra mim mesmo, toda sorte de sandices e tolices; enganava-me e me traía, já que minha tarefa era enganar e trair terceiros. Enredei-me em minhas próprias redes, e logo era tarde demais. Embora eu achasse tudo meio obscuro, meio incerto, continuei impondo-me a mentira de que Lutetia era tudo, e só por ela eu poderia renunciar ao meu falso sobrenome Krapotkin. 'Pois eu tenho um sobrenome', afirmei, e lhe exibi meu passaporte. Meu supervisor nem sequer olhou para ele e disse: 'Jovem amigo, para fazer negócios aqui com esse sobrenome o senhor teria de ser um impostor. Mas seu modesto ofício é o de um agente mediano; no entanto, talvez tenha suas razões particulares. Provavelmente alguma mulher. Espero que seja jovem e bonita, lembrando que garotas jovens e bonitas precisam de dinheiro. E sou muito parcimonioso. Só concedo prêmios extraordinários a infâmias extraordinárias. Com o senhor, não farei exceção. Podemos fornecer documentos falsos, com outros nomes, na quantidade que quiser. E, agora, pode se retirar! Venha me ver quando quiser. Onde está hospedado?... No hotel Louvois, eu sei. Mais uma coisa: aprenda idiomas, frequente cursos, faculdades, o que quiser. Venha ao meu escritório duas vezes por semana, à tarde. Aqui está o seu cheque. Já sabe que seus colegas irão observá-lo. Então, nada de tolices!'. Quando eu estava novamente fora, respirei fundo. Senti que vivia uma daquelas horas que, na juventude, chamamos de decisivas. Mais tarde, na vida, vamos nos acostumando a considerar decisivas muitas horas, quase todas. É claro que existem crises, momentos cruciais e peripécias, como dizem, mas nós os ignoramos e somos incapazes de distinguir um momento crucial de qualquer segundo indiferente. No máximo, aprendemos isso e aquilo... mas a experiência também não nos serve de nada. É-nos negado reconhecer e distinguir.

Nossa imaginação é sempre mais poderosa do que nossa consciência. Assim, embora a consciência me considerasse um patife, um fraco, um miserável, e que não devia ignorar a deplorável realidade, minha imaginação disparou a galope, levando-me em seu lombo. Com aquele respeitável cheque no bolso e despachado pelo meu simpático superior, que agora me parecia tão desagradável quanto antes me parecera simpático, senti-me livre e desocupado, naquela Paris igualmente livre e desocupada, e me lancei ao encontro de aventuras esplêndidas, da mulher mais bonita do mundo e do mais moderno de todos os estilistas. Naquele momento, tive a sensação de iniciar, afinal, o tipo de vida que sempre desejara. Eu era quase um Krapotkin de verdade. E reprimi a insistente mas quase inaudível voz da consciência que me dizia que eu estava indo ao encontro de um duplo e até tríplice cativeiro: em primeiro lugar, o cativeiro da minha loucura, da minha negligência e dos meus vícios, aos quais, no entanto, eu já estava acostumado; em segundo, o cativeiro do meu amor; e, em terceiro, o cativeiro da minha profissão."

* * *

"Era uma tarde de inverno parisiense amena e ensolarada. Havia pessoas sentadas no terraço dos cafés, e com uma alegria maliciosa pensei que no nosso país, a Rússia, na mesma hora do dia e na mesma época do ano, as pessoas se recolhiam em aposentos quentes e escuros. Comecei a andar sem rumo, de bar em bar. Em todos eles, as pessoas, os proprietários e os garçons pareciam-me alegres e bondosos, com aquela bondade de coração que só uma alegria constante é capaz de proporcionar. O inverno, em Paris, era uma primavera autêntica. As mulheres, em Paris, eram mulheres autênticas. Os homens de Paris eram camaradas cordiais. Os garçons de Paris eram como ajudantes ágeis e felizes em seus aventais brancos, de alguma divindade sibarita do mundo das sagas. E, na Rússia, país que eu pensava ter abandonado para sempre, reinavam o frio e a escuridão. Como se eu já não estivesse a serviço daquele país – e que serviço execrável! Onde viviam os Golubtchik, sobrenome miserável que eu levava só porque, por acaso, lá nascera. Onde viviam também os não menos miseráveis Krapotkin, miseráveis de caráter, uma estirpe principesca que só podia existir na Rússia e que negava o sangue de seu sangue. Um Krapotkin francês nunca teria agido assim. Eu era, como podem ver, jovem, estúpido, infeliz e lastimável naquela época. Mas me sentia orgulhoso, nobre e vitorioso. Tudo o que eu via naquela cidade esplêndida parecia corroborar minhas convicções, minhas ações anteriores e meu amor por Lutetia.

Só quando a noite caiu – e muito prematuramente, na minha opinião, como que prometida pelas luminárias com uma violência artificial e excessiva –, comecei a me sentir infeliz, como um crente desiludido que perdera todos os seus deuses de uma só vez. Refugiei-me em um coche e voltei para o hotel. De repente, tudo me pareceu falso e banal. Agarrei-me com todas as minhas forças à única esperança que me restava: Lutetia. A Lutetia e ao dia seguinte, quando eu poderia vê-la. Amanhã, amanhã!

Comecei a fazer o que uma pessoa da minha condição costuma fazer em tais ocasiões: beber. Primeiro, cerveja; depois, vinho; e, por último, um destilado. Pouco a pouco, meu coração começou a clarear, e, nas primeiras horas da madrugada, tinha quase recuperado a mesma alegria espiritual que se apoderara de mim na tarde anterior.

Quando saí, já não muito seguro das minhas forças, a manhã amena e invernal já despontava. Caía uma chuva suave e agradável, dessas que, na Rússia, só são vistas em abril. Somado à minha confusão interior, isso me fez esquecer, por um momento, em que tempo e espaço eu me encontrava. Fiquei perplexo e, quase diria, assustado ao ver o servilismo com que os criados do hotel me tratavam. Tive de me lembrar que, de fato, eu era o príncipe Krapotkin, e tomei consciência de minha posição depois de ficar um tempo ao relento na suave e fresca chuva matinal. Era como se a suave e fresca chuva matinal tivesse me nomeado príncipe Krapotkin. Um príncipe Krapotkin parisiense, que, na minha opinião, valia naquela época mais do que um russo.

Uma chuva suave e benéfica caía do céu de Paris sobre minha cabeça nua e meus ombros cansados. Fiquei por algum tempo parado na frente do portal do hotel, sentindo atrás de mim o olhar cortês da servidão, cuja indiferença forçada – graças ao meu instinto profissional – não estava isenta de desconfiança. Esse olhar me fazia bem. Assim como aquela chuva. O céu de Paris me abençoava. Já começava a manhã parisiense. Os vendedores de jornais passavam por mim com frescor e serenidade inacreditáveis. O povo de Paris acordava. Eu, como se não fosse um

Golubtchik, mas um Krapotkin genuíno, um Krapotkin parisiense, bocejava de cansaço, é claro, mas também, e não em menor grau, por puro orgulho. Assim soberbo, com um ar extremo de indolência e quase digno de um grande senhor, passei em meio a olhares reverentes e ao mesmo tempo desconfiados dos criados do hotel, cujas costas pareciam se curvar diante de Krapotkin, e cujos olhos perscrutavam de alguma forma o informante Golubtchik.

Confuso e exausto, joguei-me na cama. A chuva tamborilava uniformemente no parapeito das janelas."

* * *

"E assim comecei uma nova vida, como havia proposto ou, se preferirem, simplesmente imaginado. Com roupas novas – chamei um daqueles alfaiates absurdos que, na época, vestiam os chamados donos do mundo –, assumi um tipo de vida mais alinhado à hierarquia principesca. Um verdadeiro novo tipo de vida. Algumas vezes, fui convidado para a casa do estilista da minha amada Lutetia. Outras tantas, eu o convidei. Peço-lhes que acreditem em mim, meus amigos, agora que estou livre do meu antigo sofrimento e posso dizer a todos, abertamente, assim como estou fazendo – e é claro que não digo isso por orgulho ou presunção –, que eu tinha naquela época um extraordinário talento idiomático. Tinha muito talento para idiomas. Em uma semana, eu falava francês quase à perfeição. De qualquer forma, podia conversar fluentemente, como dizem, com o estilista do mundo da moda e com todas as suas modelos que me conheciam da viagem. Também conversava com Lutetia. É claro que ela se lembrava de mim, tanto pelo incidente na fronteira quanto pelo meu sobrenome e, por último, pela hora que passamos juntos no aposento fechado. Naquela época, eu não era nada além do portador do meu sobrenome falso. Já fazia um tempo que eu não era eu mesmo. Não só não era um Krapotkin como também já deixara de ser um Golubtchik. Estava entre o céu e a terra. Mais ainda: entre o céu, a terra e o inferno. Não me sentia em casa em nenhum dos três reinos. Onde eu estava mesmo? Quem eu era realmente? Golubtchik? Krapotkin? Apaixonado por Lutetia? Eu a amava ou amava de fato minha nova existência? Isso era uma nova existência? Eu estava mentindo ou dizendo a verdade? Às vezes, começava a pensar na minha pobre mãe, a esposa do guarda-florestal Golubtchik; ela não sabia nada de mim: eu havia desaparecido do estreito campo de visão de seus olhos caducos e pobres. Eu nem tinha mais mãe. Uma mãe! Que ser humano em todo o mundo não tem mãe? Eu estava perdido e desolado! Mas, ao mesmo tempo, eu era um ser tão miserável que minha infâmia produziu certo orgulho em mim, e passei a considerar sua prática como uma espécie de distinção que a Providência me concedia.

Tentarei ser breve. Depois de algumas visitas totalmente desnecessárias ao estilista do grande mundo parisiense, e tendo visto e elogiado muitas de suas novas roupas – que ele e os jornais chamavam de 'criações' –, consegui, com Lutetia, aquele tipo especial de confiança que significa uma promessa e um voto entre dois seres humanos. Muito pouco tempo depois, tive a ambígua sorte de ser convidado à sua casa."

* * *

"À sua casa! O que chamo de 'casa' estava mais para um hotel miserável, quase de má reputação, localizado na *rue* de Montmartre. Seu quarto era pequeno e estreito. O papel de parede cor de tabaco representava, repetindo até a exaustão, dois papagaios – um amarelo-brilhante e outro branco –, que se beijavam incessantemente. E se acariciavam. Aqueles papagaios tinham quase a expressividade de pombos. Aquele papel de parede também me impressionou; sim, o papel de parede. Parecia-me extremamente indigno de Lutetia que, justamente em seu quarto, aqueles papagaios se comportassem como pombos... acima de tudo, eram papagaios. Naquela época, eu odiava esses pássaros: hoje, já nem sei por que (a propósito, direi que também odeio pombos).

Levei flores e caviar, dois presentes que, na minha opinião, eram os que melhor podiam distinguir um príncipe russo. Conversamos muito tempo e com detalhes. 'Conhece meu primo?', perguntei, falacioso e inofensivo. 'Sim, claro, o pequeno Sergei!', respondeu ela, não menos falaciosa e inocente. 'Ele andou me cortejando', acrescentou. 'Durante horas! Enviou-me orquídeas, imagine, só para mim, entre todas as minhas companheiras! Mas eu o ignorei. Simplesmente não gostei dele!'

'Eu também não gosto dele!', comentei. 'Conheço-o desde a juventude, e já naquela época não gostava de mim.'

'O senhor está certo', disse Lutetia, 'ele é um pequeno canalha.'

'No entanto', comecei, 'a senhorita teve um encontro com ele em São Petersburgo; aliás, como ele mesmo me contou, em uma *chambre séparée*, na velha Gudaneff.'

'Mentira, mentira!', gritou Lutetia, como só as mulheres o fazem quando querem negar uma verdade óbvia. 'Nunca estive com um homem em uma *chambre séparée*. Nem na Rússia nem na França!'

'Não grite', pedi, 'e não minta! Eu mesmo a vi. Eu a vi. Sem dúvida, a senhorita esqueceu. Meu primo não mente.'

Como esperado, Lutetia começou a chorar amargamente. Eu, que nunca suportei ver uma mulher em prantos, desci correndo e pedi uma garrafa de conhaque. Quando voltei, as lágrimas já haviam secado. Ela limitou-se a reagir como se a mentira, na qual eu a tinha flagrado, a tivesse deixado exausta e sem forças. Jazia imóvel em sua cama. 'Não se preocupe!', disse eu. 'Trouxe um revigorante para a senhorita.'

Ela se levantou depois de um tempo. 'Não falemos mais sobre seu primo', propôs.

'Sim, não falemos mais dele!', concordei. 'Falemos do senhor!'

Ela me contou tudo – eu, curiosamente, considerei tudo o que ela me disse naquele momento como verdade pura e simples, logo depois de tê-la ouvido mentir! Era filha de um catador de materiais recicláveis. Seduzida precocemente, isto é, aos dezesseis anos – idade que hoje sou incapaz de chamar de 'precoce' –, ela foi atrás de um jóquei por quem se apaixonara, mas que a abandonou em um hotel em Rouen. Oh, mas não faltavam homens! Ela ficou pouco tempo em Rouen. E sua estonteante beleza atraiu a atenção do glamouroso estilista que, naqueles dias, procurava modelos nas camadas mais modestas do povo parisiense... e assim ela o contatou...

Ela estava muito bêbada e continuava mentindo. Notei isso depois de meia hora. Mas que verdade gostaríamos de ouvir, meus amigos, da boca da mulher amada? E eu, não era um mentiroso? Por acaso eu não vivia mergulhado em mentiras como num ninho confortável, a ponto não só de gostar das minhas próprias mentiras como também de aceitar e valorizar todas as mentiras alheias? Se Lutetia não era filha de um catador de materiais recicláveis, mordomo, sapateiro ou algo do tipo, eu tampouco era um príncipe de verdade. Se ela tivesse adivinhado quem eu realmente era, teria me feito acreditar, com toda probabilidade, que era a filha ilegítima de algum barão. Mas como ela devia supor que eu era um bom conhecedor de títulos nobiliárquicos, e sabia, por experiência, que os senhores do alto escalão contemplam as pessoas humildes e pobres com uma melancolia quase poética e amam a história da felicidade dos pobres, ela também me contou a história do milagre que, às vezes, acontece com a pobreza, sem que parecesse improvável enquanto a narrava. Havia anos ela vivia na mentira, nessa mentira em particular, e momentaneamente até acreditava em sua história. Era um ser perdido, assim como eu. As pessoas perdidas mentem com certa inocência, como as crianças. Toda existência perdida precisa de um fundamento inventado. Na verdade, Lutetia era filha de um estilista de muito prestígio em sua época, e o grande estilista, para quem ela trabalhava, não tinha procurado suas modelos nas camadas mais humildes do povo parisiense, mas entre as filhas de seus colegas, como é natural.

Além disso, meus amigos, Lutetia era linda. E a beleza sempre inspira confiança. O diabo, que decide os juízos dos homens sobre as mulheres, luta ao lado das mulheres bonitas e elegantes. Raramente acreditamos na verdade de uma mulher feia; de uma bonita, em tudo o que ela inventa. É difícil afirmar o que, no fundo, tanto me atraía em Lutetia. À primeira vista, ela não era muito diferente das outras modelos do estilista. Usava uma maquiagem igual à delas e parecia uma criatura feita de cera e porcelana, uma mistura com a qual, naquele tempo, eram feitos os manequins. Hoje em dia o mundo progrediu e as mulheres estão trocando o material de acordo com a estação. Lutetia tinha ainda uma boca excessivamente pequena que, quando não falava, parecia um coral alongado. E suas sobrancelhas formavam dois arcos de incrível perfeição, construídos de acordo com leis geométricas exatas, e, quando ela abaixava os olhos, vislumbravam-se uns cílios muito longos, espessos e volumosos, pintados com muita arte: uma autêntica cortina de cílios. Sua maneira de se sentar, recostar-se, levantar-se e andar, de pegar um objeto e devolvê-lo, tudo havia sido estudado, é claro, e era resultado de numerosos ensaios. Até seus dedos finos pareciam ter sido esticados e esculpidos de alguma forma por um cirurgião experiente. Evocavam em parte uma dezena de lápis. Enquanto falava, ela brincava com os dedos, dando a impressão de procurar sua imagem espelhada em suas unhas polidas. Era raro descobrir um olhar em seus olhos azuis. Em vez de olhares, ela tinha vislumbres. No entanto, quando falava, e nos poucos segundos em que se esquecia de si mesma, sua boca se alargava e adquiria uma expressão entre voraz e lasciva, e seus dentes brancos deixavam entrever, por um segundo, uma língua libidinosa e vivaz; uma espécie de animalzinho vermelho e venenoso. Eu tinha me apaixonado pela sua boca, meus amigos, pela sua boca. Toda a maldade das mulheres está alojada na boca. Que é, a propósito, a pátria da traição e, como vocês já sabem pelo catecismo, o lugar de origem dos pecados capitais...

O fato é que eu a amava. Fiquei comovido com seu relato fictício, com o quartinho de hotel e com os papagaios do papel de parede. Indigno dela, e sobretudo indigno de sua boca, era o ambiente em que ela vivia. Lembrei-me do rosto do hoteleiro na recepção – como um cachorro em mangas de camisa –, e decidi oferecer a Lutetia uma existência mais alegre e feliz. 'Me permitiria ajudá-la?', perguntei. 'Não me interprete mal! Não tenho pretensão alguma! Ajudar é minha paixão', contei essa mentira, já que minha profissão era, antes, arruinar – 'e, por enquanto, não estou fazendo nada. Infelizmente não tenho uma profissão. Me permitiria, então...?'.

'Sob quais condições?', perguntou Lutetia, sentando-se na cama.

'Sob condição alguma, como já lhe disse.'

'De acordo!', disse ela. E, percebendo que eu pretendia me levantar, acrescentou: 'Não pense, príncipe, que me sinto infeliz aqui. Mas, nosso mestre e senhor, que o senhor conhece, geralmente está de mau humor... e tenho a infelicidade de depender de seus caprichos mais do que as outras modelos. Todas elas, como o senhor sabe' – e sua língua começou a destilar veneno –, 'têm amigos nobres e ricos. Eu, no entanto, prefiro viver sozinha e honestamente. Não me vendo!', acrescentou depois de um instante e saltou da cama. Seu robe, cor-de-rosa com flores azuis de fantasia, ficou completamente aberto. Não!... Ela não se vendia: só se oferecera a mim."

* * *

"Naquele momento, começou o período confuso da minha vida. Aluguei um pequeno apartamento perto dos Champs Elysées, um daqueles apartamentos que, na época, eram chamados de 'ninhos de amor'. A própria Lutetia o arrumou ao seu gosto. Voltou a colar papagaios nas paredes... uma espécie de pássaro que, como já disse, eu odeio. Havia um piano, embora Lutetia não soubesse tocar; dois gatos, cujos saltos silenciosos, traiçoeiros e surpreendentes me assustavam muito; uma lareira sem circulação de ar, em que o fogo se apagava imediatamente, e, por último, como uma atenção especial para mim, um autêntico samovar de metal russo, cuja manipulação me foi confiada por Lutetia. Havia também uma camareira prestativa em um uniforme limpo e agradável – parecia vir de uma fábrica especial para empregadas domésticas – e, por fim, algo que me indignou: um papagaio de verdade, vivo, que aprendeu, com incrível velocidade e precisão quase brilhante, meu falso sobrenome 'Krapotkin', e assim sempre me remetia à minha falsidade e falta de escrúpulos. O sobrenome Golubtchik teria sido, tenho certeza, mais difícil.

Além disso, por aquele 'ninho coquete' de Lutetia, circulavam suas amigas de todo tipo. Todas feitas de porcelana e cera. Eu não diferenciava os gatos, o papel de parede, o papagaio e as amigas. Só distinguia Lutetia. Eu era um prisioneiro, sim, um prisioneiro tríplice e quádruplo! Duas vezes por dia, eu voluntariamente me aproximava da minha prisão doce, asquerosa e caótica.

Uma noite fiquei lá – não poderia ser de outra maneira! Passei a noite lá. Em cima da gaiola do papagaio, pendia um cobertor modorrento de pelúcia vermelha. Os gatos traiçoeiros ronronavam em suas cestas aconchegantes. Eu dormia, não mais prisioneiro, mas acorrentado para sempre, como costumam dizer, nos braços de Lutetia. Pobre Golubtchik!

Acordei de madrugada, feliz e infeliz ao mesmo tempo. Sentia-me cativo e rejeitado, apesar de ainda não ter perdido a noção de pureza e decência. Mas essa noção, meus amigos, suave como uma brisa matinal, era mais forte do que o poderoso vento do pecado que soprava em meu entorno. Impulsionado por ela, deixei a casa de Lutetia. Não sabia se me sentia feliz ou preocupado. Com essa dúvida, vaguei sem rumo certo pelas ruas ao amanhecer.

Lutetia custava dinheiro, logo percebi, meus amigos! (Todas as mulheres custam dinheiro: aquelas que nos amam ainda mais do que aquelas que amamos). E pensei ter notado que Lutetia me amava. Eu estava muito agradecido por alguém me amar neste mundo. Aliás, Lutetia era a única pessoa que acreditava no meu sobrenome Krapotkin sem nenhuma dúvida, que acreditava na minha nova existência, sim, e até a confirmou. Eu estava determinado a não lhe fazer sacrifícios, queria fazê-los por mim mesmo. Por mim mesmo, pelo falso Golubtchik, pelo verdadeiro Krapotkin.

Começou, então, uma misteriosa confusão – não em minha alma, na qual já existia havia muito tempo, mas também em minha existência particular e material. Comecei a gastar dinheiro à farta, como dizem. Lutetia realmente não precisava muito disso. Mas eu, sim... para ela. Ela começou a consumir absurdamente e com aquela paixão obsessiva – quase uma maldição – com a qual as mulheres em geral gastam dinheiro, o dinheiro de seus maridos e de seus amantes... um pouco como se vissem no dinheiro que se gasta, e até se desperdiça com elas, uma medida do sentimento que, como amantes, vamos depositando em sua pessoa. Eu precisava de dinheiro então. Para muito em breve. E de muito. E, como era minha obrigação, fui ver meu simpático chefe, cujo nome era Soloweiczyk, aliás, Mijail Nikolaievitch Soloweiczyk.

'O que o senhor tem para me dizer?', perguntou-me. Eram nove horas da noite, aproximadamente, e tive a impressão de que, na casa enorme e espaçosa, não havia ninguém mais, nem uma alma. O silêncio era total, e os barulhos confusos da cidade grande – Paris – chegavam como se estivessem a uma distância incomensurável. O aposento inteiro estava escuro. A única lâmpada, instalada com a tela verde na mesa de Soloweiczyk, parecia o núcleo luminoso das trevas noturnas que envolviam concentricamente o aposento.

'Preciso de dinheiro!', eu disse, oculto no escuro e, portanto, com mais coragem do que pensara ser capaz no começo.

'Para o dinheiro de que precisa', retrucou, 'terá de trabalhar. Temos várias tarefas para o senhor! O importante é saber se está em condições ou, melhor dizendo, se quer estar em condições para realizar essas tarefas!'.

'Estou disposto a tudo!', assegurei. 'Vim aqui para isso.'

'Para tudo? Realmente para tudo?'

'Para tudo!'

'Não acredito nisso', disse o simpático Soloweiczyk. 'Eu o conheço há pouco tempo, mas acho que não acredito nisso! Sabe do que se trata? Trata-se de uma traição vil, sim, uma traição vil, assim como está ouvindo. Trair perfidamente homens indefesos. Esperou um instante e acrescentou: 'E, também, mulheres indefesas!...'.

'Estou acostumado. Na nossa profissão...'

Ele não me deixou terminar. 'Conheço a profissão!', disse ele, baixando a cabeça. Começou a remexer nos papéis que tinha diante de si, até ouvir apenas o farfalhar dos papéis e o tique-taque excessivamente lento do relógio de parede. 'Sente-se!', disse Soloweiczyk.

Sentei-me, e meu rosto também entrou no círculo luminoso da lâmpada verde, ficando em frente ao dele. Ele levantou o olhar e o fixou em mim. Seus olhos eram, de fato, mortos, com algo de um olhar cego, algo inconsolável e já ultraterrestre. Mantive a afronta daqueles olhos, embora me intimidassem, pois nada se lia neles: nenhum pensamento, nenhum sentimento; e, ainda assim, eu sabia que, na realidade, não eram olhos cegos, mas, ao contrário, muito perspicazes. Eu estava plenamente consciente de que eles me observavam, mas não descobria aquele reflexo que todo olho perscrutador normalmente produz. Aliás, Soloweiczyk era a única pessoa em quem eu constatei essa faculdade: a de mascarar os olhos, assim como outros podem mascarar o rosto.

Observei-o por alguns segundos, ou talvez minutos, a mim pareceram horas. Seus cabelos, levemente encanecidos, rareavam nas têmporas, e seus maxilares não deixavam de se mover um só instante, como se de fato mastigassem seus pensamentos. Finalmente ele se levantou, foi até a janela, correu a cortina um pouco e sinalizou para eu me aproximar. Acerquei-me dele. 'Olhe!', disse ele, apontando para uma figura na calçada oposta. 'O senhor o conhece?' Forcei a vista, olhei fixamente, mas não vi nada além de um homem relativamente baixo, vestido como um bom burguês, com uma gola de pele aberta, um chapéu marrom e uma bengala preta na mão direita. 'O senhor o reconhece?', perguntou Soloweiczyk de novo. 'Não!', respondi. 'Bem, vamos esperar um pouco!'

E esperamos. Depois de um tempo, o homem começou a andar de um lado para o outro. Depois de ter caminhado uns vinte passos entre idas e vindas, tive uma iluminação repentina, como se diz. Meus olhos não o reconheceram, meu cérebro não se lembrava dele, mas meu coração saltou e começou a bater com mais violência, como se, de repente, meus músculos, minhas mãos, as extremidades dos meus dedos e meus cabelos tivessem recuperado aquela memória que estava interditada ao meu cérebro. Era ele. Era aquele jeito de andar entre arrastado e cadenciado que, um dia, em Odessa, quando eu ainda era jovem e inocente, pude notar em uma fração de segundo, apesar da minha inexperiência. Foi a primeira e única vez na minha vida que percebi que um claudicar podia se tornar um passo ritmado e que um pé coxo podia, e pode, como um rosto, ser dissimulado. Reconheci, então, o homem na calçada oposta. Não era outro senão Lakatos.

'Lakatos!', exclamei.

'Correto', disse Soloweiczyk, afastando-se da janela. Voltamos a nos sentar um de frente para o outro, na mesma posição de antes. Com o olhar fixo nos papéis, Soloweiczyk me perguntou: 'Conhece Lakatos há muito tempo?'. 'Muito tempo', respondi, 'e sempre nos reencontramos. Eu diria: em todas as horas decisivas da minha vida'.

'Ainda se encontrarão várias vezes... provavelmente', disse Soloweiczyk. 'Raramente acredito, sempre contra a minha vontade, em fenômenos sobrenaturais. Mas, quando vejo Lakatos, que de vez em quando me visita, não consigo me livrar de um certo sentimento supersticioso!' Fiquei em silêncio. O que eu poderia ter dito? Vislumbrei com clareza implacável que, inexoravelmente, eu era um prisioneiro. Prisioneiro de Soloweiczyk? Prisioneiro de Lutetia? Prisioneiro até mesmo de Lakatos? Depois de uma pausa, acrescentou Soloweiczyk: 'Ele o trairá e talvez o acabe destruindo'.

Recebi as ordens escritas – um respeitável maço de papéis – e saí.

'Até a próxima quinta-feira!', disse Soloweiczyk.

'Se me for concedido revê-lo', repliquei.

Sentia meu coração oprimido.

Quando deixei a casa, Lakatos havia desaparecido. Não o vi em parte alguma, embora eu o procurasse escrupulosamente e a fundo, até com insistência. Se eu o procurava com tanta insistência era porque o temia. Assim que comecei a rastrear seus passos, senti que não o encontraria. Sim, eu tinha certeza de que não o encontraria.

Como encontrar o diabo, quando procuramos por ele. Ele vem, aparece inesperadamente e desaparece. Ainda que desapareça, estará sempre solto por aí."

* * *

"A partir daquele momento, não me sentia mais seguro diante dele. Não apenas diante dele, sentia-me inseguro também diante de todo mundo. Quem era Soloweiczyk? Quem era Lutetia? O que era Paris? Quem era eu mesmo?

Ainda mais inseguro do que diante de todas as pessoas, estava inseguro diante de mim mesmo! Era a minha própria vontade que continuava determinando meus dias, minhas noites e todas as minhas ações? Quem me levou a fazer o que eu fiz então? Eu amava Lutetia de verdade? Será que eu não amava unicamente minha paixão, ou seria só a necessidade de me afirmar a mim mesmo – minha humanidade, por assim dizer – por meio de uma paixão? Quem e o que eu era na verdade: eu, Golubtchik? Quando Lakatos aparecia, eu deixava de ser Krapotkin – isso me parecia mais seguro. De repente, também entendi que eu não estava em condições de ser Golubtchik ou Krapotkin. Eu passava a metade dos meus dias e minhas noites na casa de Lutetia, e logo deixei de ouvir o que ela me dizia (coisas que, aliás, não eram importantes). Percebia muitas expressões que eu não conhecia, na entonação de palavras e frases… e posso dizer que, no que diz respeito ao meu progresso em francês, devo muito a ela. Por mais intrigado que eu andasse naqueles dias, nunca esqueci que 'dominar idiomas' – como Soloweiczyk havia me aconselhado – poderia ser muito útil. Pois bem, depois de algumas semanas eu era fluente, por assim dizer, em francês. Em casa, muitas vezes me enterrava em livros ingleses, alemães e italianos e, quase me sedando com eles, imaginava que me proporcionariam uma existência verdadeira, uma existência autêntica. Lia jornais ingleses no saguão do hotel, por exemplo. Enquanto os lia, imaginava ser um compatriota daquele coronel inglês, de cabelos grisalhos e de óculos, sentado na poltrona ao lado; por meia hora, eu me considerava um inglês, um coronel do Exército colonial. Por que eu não deveria ser um coronel inglês? Eu era por acaso um Golubtchik? Ou talvez um Krapotkin? Quem e o que eu era na verdade?

Temia encontrar-me com Lakatos a qualquer momento. Ele poderia aparecer no saguão do hotel. Ou aparecer na sala de exibições do estilista, que eu às vezes frequentava em busca de Lutetia. Ele poderia me trair a qualquer momento. Ele me tinha, por assim dizer, em suas mãos. Poderia trair-me mesmo com Lutetia... e isso era o pior. Meu medo de Lakatos aumentava na mesma medida da minha paixão por Lutetia. Uma paixão imputada e de segunda ordem, digamos. Pois fazia já várias semanas que aquilo não era uma paixão, meus amigos, mas uma fuga na paixão, assim como os médicos descrevem uma série de sintomas mórbidos em certas mulheres: 'fuga na doença'. Sim, a minha era uma fuga na paixão. Eu só me sentia completamente seguro de mim mesmo, ou seja, da minha identidade, naquelas horas em que abraçava o corpo de Lutetia e o amava. Amava-o não tanto por ser o corpo amado, mas porque, de certa forma, era um abrigo, uma cela, uma ermida bem protegida e a salvo de Lakatos.

No entanto, aconteceu o que, fatal e inevitavelmente, tinha de acontecer. Lutetia, que, com a mesma facilidade com que se apresentava como filha de um catador de materiais recicláveis, considerava-me um homem imensamente rico e precisava de dinheiro, de mais e mais dinheiro. Depois de poucas semanas, percebi que ela era tão bonita quanto gananciosa. Não porque tentava economizar dinheiro da maneira insidiosa que caracteriza muitas pequeno-burguesas. Não! Ela realmente precisava! E gastava!

Era como a maioria das mulheres da sua espécie, não queria 'tirar proveito'! Mas *algo* a impulsionava a aproveitar as oportunidades, todas as oportunidades. Era fraca e imensamente vaidosa. Para as mulheres, a vaidade não é apenas uma fraqueza passiva, mas uma paixão extremamente ativa, como para os homens só o jogo pode ser. Elas continuamente criam essa paixão, estimulam-na e são, por sua vez, estimuladas por ela. São, ao mesmo tempo, mães e filhas de sua paixão. E a paixão de Lutetia me arrastava junto. Até então, eu não suspeitara do que uma única mulher é capaz de gastar, firmemente convencida, além disso, de gastar 'só o necessário'. Até então, eu nunca suspeitara quão impotente um homem que ama pode ser – e, naquela época, eu fazia grandes esforços para ser um homem que ama, o que na verdade equivale a um homem apaixonado –, em face das loucuras de uma mulher. Justamente as coisas mais absurdas e supérfluas que ela fazia pareciam-me naturais e necessárias. Eu até queria confessar que suas loucuras me lisonjeavam, confirmando, de alguma forma, minha falsa existência principesca – eu precisava de ratificações desse tipo. Precisava de todas aquelas sanções exteriores, como roupas para mim e para Lutetia, e a submissão dos estilistas que, no hotel, tiravam minhas medidas com dedos cautelosos, como se eu fosse um ídolo frágil, e mal tinham coragem de tocar meus ombros e minhas pernas com a fita métrica. Devido ao fato de ser um simples Golubtchik, precisava de tudo o que um Krapotkin acharia desconfortável: o olhar de cachorro nos olhos do porteiro, as costas servis dos garçons e criados, dos quais eu só via o pescoço impecavelmente escanhoado. E de dinheiro, eu também precisava de dinheiro."

* * *

"Comecei a ganhar o máximo possível. E ganhei muito... não preciso lhes dizer de que maneira. Às vezes, eu desaparecia por uma semana, dizendo a Lutetia e a todos que eu estava viajando. Passava aqueles dias nos círculos de nossos refugiados políticos, em pequenas redações de jornais miseráveis e clandestinos; e era imoral o bastante para pedir pequenos empréstimos às vítimas, cujos vestígios eu seguia – não porque precisasse de seu mísero dinheiro, mas porque fingia precisar de verdade –, e para compartilhar, em aposentos ocultos e deploráveis, as refeições precárias dos perseguidos, humilhados e famintos; eu era infame o suficiente para tentar seduzir aquelas mulheres que, ora felizes, ora por uma espécie de consciência de dever ancorada em uma ideologia, entregavam-se a um correligionário... em suma, eu era o que, no fundo, sempre havia sido, por nascimento e por natureza: um canalha. Só que, até então, eu não havia exercido a canalhice em tais proporções. Naqueles dias, provei a mim mesmo que eu era um canalha, e de que espécie!

Tive a sorte de o diabo guiar todos os meus passos. Algumas tardes, quando eu me apresentava a Soloweiczyk, podia dar-lhe mais informações do que muitos de meus colegas. O desprezo cada vez maior com o qual ele me tratava fazia-me perceber que meus serviços eram ótimos. 'Subestimei sua inteligência', disse-me um dia. 'Depois da estupidez que cometeu em São Petersburgo, cheguei a pensar que o senhor fosse um simples canalha. Com todo o respeito, Golubtchik! Vou lhe pagar muito bem.' Pela primeira vez, chamava-me de Golubtchik, sabendo perfeitamente que, para mim, era como um golpe de *nagaika*[4]. Peguei o dinheiro, que era muito, mudei de roupa, fui ao hotel, vi costas e pescoços, vi Lutetia de novo, os clubes noturnos, os rostos de lordes dos garçons, vulgares e bem cuidados, e esqueci tudo, tudo. Eu era um príncipe. Esqueci até o terrível Lakatos."

* * *

"Eu o esqueci injustamente.

Um dia – era uma suave manhã de primavera e eu estava sentado no saguão do hotel que, embora não tivesse janelas, parecia filtrar o sol através dos poros de suas paredes –, eu, muito alegre e com a mente em branco, estava entregue à voluptuosidade repulsiva da minha vida, quando me anunciaram a visita de Lakatos. Ele parecia alegre como a própria primavera. De alguma forma, já prenunciava o verão. Entrou como um pedacinho, sim, como um pedacinho

---

[4] Palavra russa que designa um chicote de couro curto e grosso usado pelos cossacos. (N.T.)

humano de primavera, separado da natureza encantadora, com um casaco claro demais, uma gravata florida e uma cartola cinza-pérola, agitando a bengala que me era familiar havia tanto tempo. Ele tratava-me alternadamente de 'Sua Alteza' e 'Príncipe', e, às vezes, chegou a dizer-me, como os criados de menor hierarquia: 'Sua Alteza Ilustríssima!'. Aquela manhã diáfana de repente me ofuscou. Como eu havia passado todo aquele tempo, perguntou-me Lakatos em voz tão alta que todos no saguão ouviram, até mesmo o porteiro na guarita. Fui monossilábico e mal respondi, por medo, mas também por orgulho. 'Seu pai o reconheceu então?', indagou-me em voz baixa, inclinando-se para mim de tal forma que pude sentir seu perfume de lírio-do-vale e inalar o cheiro de brilhantina que, em ondas pesadas, emanava de seu bigode; vi claramente um brilho avermelhado em seus olhos luzidios e castanhos. 'Sim!', respondi, e me recostei na poltrona.

'Então vai ficar feliz', supôs ele, 'com o que tenho para lhe dizer'.

E ficou esperando. Eu não disse nada.

'O senhor seu irmão está aqui desde ontem!', disse indiferente. 'Está morando em sua própria casa: tem um apartamento em Paris. Como todos os anos, quer passar alguns meses aqui. Estou achando que se reconciliaram, certo?'

'Ainda não!', respondi, mal dissimulando minha impaciência e meu terror.

'Bem, espero', retomou Lakatos, 'que desta vez tudo dê certo. De qualquer forma, aqui me tem sempre à sua disposição'.

'Obrigado!', eu disse. Ele levantou-se, fez uma profunda vênia e saiu. Permaneci sentado."

* * *

"Não fiquei por muito tempo. Fui ver Lutetia, que não estava em casa. Então me dirigi ao ateliê do estilista de moda moderna, levando um buquê de flores como uma arma desembainhada. Consegui vê-la por alguns instantes. Ela ainda ignorava a chegada de Krapotkin. Então saí do ateliê, instalei-me em um café e pensei que, refletindo intensamente, talvez me ocorresse alguma solução inteligente; no entanto, cada um dos meus pensamentos foi corroído por ciúme, ódio, paixão e sede de vingança. Logo imaginei que seria melhor pedir a Soloweiczyk, naquele mesmo dia, para me mandar de volta à Rússia, mas o medo apoderou-se de mim, medo de ter de desistir da minha vida, de Lutetia, do meu sobrenome roubado e de tudo o que constituía a minha existência. Por um instante, também pensei em me matar, mas a morte me inspirava um medo terrível. Melhor, e muito mais fácil, ainda que de maneira alguma mais confortável, era matar o príncipe. Eliminá-lo do mundo! Ficar, de uma vez por todas, livre daquele sujeito ridículo, um sujeito realmente inútil e ridículo. Mas, ao mesmo tempo, e de certo modo influenciado pela lógica ditada pela minha consciência, eu dizia a mim mesmo que, se ele era um sujeito inútil, eu era ainda pior, isto é, mais cruel e prejudicial. No entanto, um minuto mais tarde, pareceu-me evidente que a causa da minha maldade e da minha perversidade era ele mesmo, aquele sujeito, e que assassiná-lo deveria ser, na verdade, uma ação ética. Pois, eliminando-o, também suprimiria a causa da minha podridão, e então estaria outra vez livre para me tornar um homem bom, para expiar e arrepender-me, para ser, enfim, um Golubtchik decente. Mas, enquanto eu ia tramando tudo isso, sentia não possuir a força necessária para cometer um crime. Eu não estava limpo o suficiente para matar. Quando planejava matar alguém em particular, essa decisão equivalia, em meu interior, a arruinar-me de alguma forma. Nós, informantes, não somos assassinos. Limitamo-nos a organizar as circunstâncias que, irremediavelmente, levarão a pessoa à morte. Naquela época, eu não pensava de outra forma, tampouco conseguia fazê-lo. Eu era um canalha por nascimento e por natureza, como já lhes contei, meus amigos!..."

* * *

"Entre as tantas pessoas que, no cumprimento de minha missão abjeta, tive de trair e delatar, encontrava-se uma judia chamada Channa Lea Rifkin, de Radzivillov. Jamais esquecerei seu nome, seu local de nascimento, seu rosto, sua figura. Dois de seus irmãos haviam sido condenados à prisão perpétua na Rússia por preparar um atentado contra o governador de Odessa. Estavam na Sibéria havia três anos, nos confins da taiga, como me inteirei por meio de seus papéis. A irmã conseguiu fugir a tempo e levar consigo um terceiro irmão, um jovem semiparalítico que tinha de passar o dia inteiro na cadeira de rodas. Ele só conseguia mover o braço e a perna direita. Diziam que seu talento para a matemática e a física era extraordinário e que tinha uma memória fora do comum. Dele vieram certas fórmulas e planos, a partir dos quais era possível fabricar explosivos, ainda que faltasse uma série de recursos técnicos complexos. Irmão e irmã viviam com amigos suíços, suíços franceses de Genebra: um sapateiro e sua esposa. Os companheiros russos costumavam se encontrar na oficina do sapateiro. Eu participei de algumas reuniões. Aquela nobre e jovem judia estava determinada a voltar à Rússia e libertar seus irmãos, assumindo plenamente suas responsabilidades. Sua mãe havia morrido; seu pai estava enfermo. Ela ainda tinha três irmãos menores de idade. Em inúmeras solicitações à embaixada russa, declarou-se disposta a regressar à Rússia, se tivesse certeza de que seus irmãos inocentes, considerados culpados por causa de suas atividades secretas, seriam libertados. A nós, ou seja, à polícia russa, interessava pegar aquela mulher a qualquer preço; e também não deixar a embaixada dar garantias oficiais. Algo que a embaixada não podia nem devia fazer. A verdade é que 'precisávamos' urgentemente de Channa Lea. 'Precisamos dela', expressavam literalmente os despachos oficiais.

Até o dia em que recebi a visita de Lakatos, fora impossível para mim – canalha por nascimento e por natureza – fazer mal àquelas pessoas. Pois elas, quero dizer a garota e seu irmão, foram as únicas, entre todos os russos que meu trabalho me forçou a trair, que ainda conseguiram mover o resto de humanitarismo que me restava. Aqueles dois foram os únicos seres humanos capazes de me fazer pensar – se isso ainda era possível – nos pecados capitais. Daquela jovem doce e débil – se existem anjos judeus, devem se assemelhar a ela –, cujo rosto conjugava de tal maneira dureza e doçura que se imaginava poder ver claramente que a primeira é irmã da segunda; daquela garota débil e forte, emanava um poder mágico – um poder mágico: não consigo formular com outras palavras. Ela não era bonita no sentido que, em geral, é atribuído à beleza nesta vida, em que chamamos de beleza aquilo que nos seduz. Mas o fato é que aquela judia pequena e pouco atrativa me elevava diretamente a alma e até mesmo os meus sentidos, pois, ao olhar para ela, era como se eu ouvisse uma canção, por exemplo. Sim, era como se eu não estivesse vendo, mas ouvindo algo bonito, estranho, nunca ouvido, ainda assim extremamente familiar. Às vezes, em horas de calma absoluta, quando, sentado à beira do sofá, o irmão inválido lia um livro aberto diante de si em uma poltrona mais alta, o idílico canário gorjeava pacificamente e uma estreita faixa de sol primaveril repousava na tábua do assoalho, eu me sentava diante da nobre garota, contemplando em silêncio seu rosto pálido e largo, mas descarnado, no qual se podia entrever, de algum modo, todo o sofrimento dos nossos judeus russos, e sentia vontade de contar tudo a ela. Sem dúvida, eu não era o único informante que havia sido enviado até ela, e quem sabe com quantos dos meus colegas eu teria cruzado em sua casa (raramente conhecíamos um ao outro). No entanto, estou convencido de que a todos, ou à maioria, sucedia o mesmo que a mim. Aquela garota dispunha de armas para dominar todos nós. Tratava-se de fazê-la voltar para a Rússia sob a falsa promessa de que seus irmãos seriam libertados; mas enganá-la não era, evidentemente, uma tarefa fácil, e ela nunca teria acreditado em uma promessa não assinada e endossada pelo embaixador do czar. Poderia ter sido suficiente, todavia, averiguar com ela os nomes de todos os seus camaradas que permaneceram na Rússia. Eu, meus amigos, já lhes disse que era um ser infame por nascimento e por natureza. Mas, quando via aquela jovem, minha sordidez se desfazia e às vezes eu sentia meu coração chorar e literalmente se desfazer. Meses se passaram e o verão chegou. Eu estava planejando viajar para algum lugar com Lutetia. Um dia, um homem grisalho, vestido sobriamente e muito solene, apareceu no meu hotel. Seus cabelos espessos e prateados, suas costeletas brancas e bem penteadas, inspirando respeito, e sua fina bengala de ébano, cuja empunhadura prateada e fosca parecia feita do mesmo material que sua barba e seus cabelos, davam-me a impressão de se tratar de algum dignitário alto e macabro da corte do czar. Esse aspecto, pensei comigo, deve ser próprio dos altos funcionários da corte imperial que assistem aos últimos momentos ou aos funerais de um czar. Mas, quando olhei para ele por mais tempo, pareceu-me, de súbito, alguém conhecido. Seu rosto, seus cabelos espessos, suas costeletas e sua voz emergiram de uma infância que eu achava que estava enterrada havia muito tempo. Assim que ele me disse: 'Que alegria revê-lo depois de tantos anos, senhor Golubtchik!', finalmente eu soube quem ele era. Como envelhecera. Certa vez, ouvi sua voz atrás de uma porta e, por um segundo, vi sua silhueta prateada e negra no corredor escuro de uma pensão. Era o secretário particular do velho príncipe. Anos atrás (que distantes me pareciam!), ele costumava pagar todas as contas de minha pensão. Ele mal me estendeu a mão. Por uma fração de segundo, senti as pontas frias, secas e de uma dureza quase pétrea de três de seus dedos. Pedi a ele que se sentasse. Como se recusasse a fazer honra demais ao meu sofá, sentou-se na área mais próxima da beirada e teve de se apoiar na bengala, que emergia de entre seus joelhos, para não escorregar do assento. Com dois dedos, segurava seu solene chapéu-coco preto. Muito rápido, encontrava-se *in medias res*, como se diz em latim. 'Senhor Golubtchik!', disse-me, 'o jovem príncipe está aqui. É provável que, em sua viagem ao Sul, meu idoso senhor também faça uma escala aqui. O senhor, de um modo injustificado e muito pouco nobre (para não usar uma palavra mais forte), não fez outra coisa senão sempre criar problemas para ambos os senhorios. Aqui, o senhor se chama Krapotkin e mantém certas relações com uma senhorita fulana de tal, que também tem vários sobrenomes. O jovem príncipe está determinado a não tolerar mais essa relação. Isso é um capricho, mas secundário. Meu jovem senhor é muito generoso. Pense rápido e diga-me sem rodeios: quanto pediria para desaparecer de uma vez por todas da nossa esfera de ação? Já experimentou, em certa oportunidade, a magnitude de nossas forças. Se persistir em sua atitude, correrá mais perigo do que qualquer das vítimas que costuma perseguir. É claro que não pretendo dizer nada contra sua profissão. Não é muito honrosa, digamos, embora necessária, extremamente necessária... para os interesses do Estado, entende-se. Nosso país precisa de pessoas como o senhor, sem dúvida. Mas, para a família que tenho a honra de representar há quarenta anos, o senhor está sendo simplesmente desagradável. A família Krapotkin está disposta a ajudá-lo a começar uma nova vida na América, mas também na Rússia. Então pense... de quanto precisa?' Ao dizer isso, o homem de cabelos prateados tirou seu pesado relógio de ouro do bolso e segurou-o em uma das mãos, um pouco como um médico auscultaria o pulso de um paciente. Fiquei pensando por um tempo. Pareceu-me inútil inventar pretextos diante daquele homem ou para mim mesmo, e impor pausas supérfluas e absolutamente ridículas e inapropriadas. Seu relógio funcionava sem ser perturbado. O tempo transcorria. Quanto tempo mais ele esperaria?

Eu não tinha decidido nada. Mas o bom espírito que jamais nos abandona, mesmo quando somos seres infames por nascimento e por natureza, trouxe-me Channa Lea à memória. Então eu disse: 'Não preciso de dinheiro. Preciso da proteção do príncipe. Se é tão poderoso quanto o senhor diz, será capaz de conseguir isso para mim. Eu poderia vê-lo?'. 'Imediatamente!', assegurou o homem de cabelos prateados, guardando seu relógio e levantando-se. 'Venha comigo!'

O coche particular do príncipe Krapotkin – o verdadeiro – aguardava em frente ao hotel. Partimos de lá e paramos diante do apartamento particular do príncipe. Era uma mansão no Bois de Boulogne; no lacaio, que usava costeletas como as do secretário, julguei reconhecer um daqueles criados que, muitos anos antes, havia visto na residência de verão do velho príncipe em Odessa.

Fui anunciado. O secretário precedeu-me. Esperei pelo menos meia hora. Deprimido e preocupado, sentei-me no saguão, assim como em outra época o fizera no saguão do velho príncipe. De certo modo, eu ainda era inferior a Golubtchik de então. Pois se naquela época eu tinha o mundo inteiro diante de mim, nesse dia eu era um Golubtchik que havia perdido o mundo. Mas eu sabia disso, é claro. Não me importei muito. Apenas me forçando a pensar em Channa Lea Rifkin, o assunto deixou de ter importância.

Finalmente cheguei ao aposento do jovem príncipe. Ele tinha o mesmo aspecto do dia em que o vi com Lutetia, através da fenda na parede da *chambre séparée*. Sim, não havia mudado nada. Como eu poderia descrevê-lo? Já conhecem o tipo: um fanfarrão nobre e trivial. Tinha certa semelhança com um pedaço de sabão usado. Assim pálida e desbotada era sua pele. Parecia um pedacinho de sabão amarelo usado, com um bigode preto e ralo. Eu o odiava, desde sempre, aliás.

Ele andava de um lado para o outro de seu aposento e não parou um instante quando entrei. Continuou dando voltas, como se o homem de cabelos prateados não tivesse me levado, mas, sim, uma boneca. Não se dirigiu a mim, mas a ele, e perguntou: 'Quanto?'.

'Eu gostaria de negociar pessoalmente com o senhor', informei-o.

'Pois eu, não', rebateu, enquanto dava voltas no aposento e olhava para o secretário. 'Faça o senhor o acordo com ele!'

'Não preciso de dinheiro', eu disse. 'Se é tão poderoso quanto diz, poderá obter de mim tudo o que quiser libertando dois homens da prisão perpétua e uma garota da punição que a aguarda. Desde que os liberte dentro de uma semana!'

'Muito bem!', exclamou o secretário! 'Mas, até lá, fique tão oculto quanto puder. Dê-me os dados!'

Dei-lhe os dados dos irmãos Rifkin. E receberia informações em poucos dias."

* * *

"Esperei alguns dias. E, devo dizer, com grande impaciência, com uma espécie de impaciência moral. Digo impaciência moral porque, justamente naqueles dias, fui invadido por uma espécie de desejo profundo de arrependimento, e pensei ter chegado a hora em que eu poderia reparar toda uma vida de infâmias com uma única boa ação.

Esperei. Esperei.

Até que um dia fui convidado a me apresentar na residência particular do príncipe.

O digno e idoso secretário recebeu-me sentado. Fez um sinal com a mão, mas foi apenas um sinal fugaz, como se não estivesse me convidando a sentar, e só querendo me espantar, como se faz com uma mosca.

Por pura teimosia, sentei-me e cruzei as pernas. Por teimosia, também indaguei: 'Onde está o príncipe?'.

'Para o senhor não está em casa', respondeu o ancião suavemente. 'O príncipe encarregou-me de lhe dizer que é absolutamente impossível para ele lidar com assuntos políticos. Ele não gosta de se intrometer em negócios sujos, nem está disposto a fazer nenhum tipo de troca com o senhor. Pois logo poderia denunciá-lo, como o senhor o fez uma vez, acusando-o de proteger os inimigos do nosso Império. Sei que me entende. Nós só podemos oferecer-lhe dinheiro. Se não o aceitar, dispomos de outros meios para tirá-lo de Paris. É provável que o senhor não seja tão indispensável ao nosso Estado. Sem dúvida há outros capazes de fazer o mesmo, ou até mais do que o senhor.'

'Não aceitarei um centavo', repliquei, 'e pretendo ficar'. Ao dizer isso, pensei em Soloweiczyk, meu simpático superior. Eu estava disposto a lhe contar tudo em detalhes. Decidi confiar nele. Mas eu tinha esquecido completamente o olhar morto que ele me lançara da última vez. Imaginei que Soloweiczyk estivesse do meu lado; sim, ele me amava.

Então decidi ir vê-lo sem demora.

Levantei-me e disse com uma voz solene (hoje isso me pareceria ridículo): 'Um verdadeiro Krapotkin', enfatizando o adjetivo 'verdadeiro', 'não aceitaria uma oferta pecuniária. Mas um falso é capaz de oferecê-la'.

Esperei algum gesto ou alguma palavra de indignação que saísse da boca daquele ancião. Mas ele não se moveu. Nem olhou para mim. Limitou-se a olhar para o tampo preto e liso da mesa, como se lá houvesse papéis, como se estivesse lendo na madeira e como se na madeira alguém tivesse escrito a frase que ele pronunciou alguns segundos depois.

'Vá', disse-me, sem levantar os olhos, muito menos se levantar, 'e faça o que lhe parecer mais confortável'.

A palavra 'confortável' me fez corar.

Saí sem me despedir. Chovia, e ordenei ao porteiro que me buscasse um coche. Ainda me sentia um príncipe, apesar de saber que era Golubtchik de novo. Poderia continuar sendo Krapotkin, no máximo, por mais alguns dias.

Mas eu estava feliz, meus amigos, mesmo sabendo que em alguns dias voltaria a levar a vida de antes e recuperaria o sobrenome que eu merecia. Acreditem, eu estava feliz. Se algo me entristeceu naquele momento, foi o fato de não ter podido ajudar a judia Rifkin. Cheguei a pensar que essa seria uma oportunidade de reparar todo o mal que eu tinha feito. Mas quem me dera! Assim, pelo menos salvei minha própria existência, talvez a purificando um pouco.

Eu estava feliz."

* * *

"Quando cheguei ao hotel – já era bem tarde e algumas lâmpadas esparsas brilhavam no saguão –, disseram-me que um cavalheiro me aguardava na sala de leitura.

Pensei que fosse Lakatos e, sem dizer uma palavra, dirigi-me à sala de leitura. Mas da poltrona larga, atrás de uma das mesas, não se levantou meu amigo Lakatos; para minha surpresa, quem estava ali era o alfaiate do mundo da moda, o autor das 'criações'.

Em toda a sala, reinava uma espécie de semiescuridão, reforçada pelas luzes que, nas outras mesas, brilhavam através das cúpulas verdes. As lâmpadas pareciam-me frascos de veneno iluminados.

Sob aquela luz estranha, o rosto largo e pálido do estilista dava-me a impressão de ser uma massa no forno, uma massa que inchava. Sim, quanto mais perto eu chegava, mais crescia sua cara pastosa, cuja largura e dimensões aumentavam até mesmo em proporção à sua roupa, exageradamente larga, feminina e esvoaçante. Ele fez-me uma vênia, e foi como se uma espécie de bola quadrada se curvasse diante de mim. Recusava-me a acreditar que o estilista fosse um homem de verdade, de carne e osso.

'Príncipe', disse ele, erguendo penosamente seu torso quadrado e esférico, 'posso falar com o senhor sobre uma bagatela?'

Achei ridículo ele continuar me chamando de 'príncipe', mas o vocativo me tranquilizou, apesar de tudo. Pedi àquela personagem do mundo da moda para me contar o que tinha em seu coração.

'É uma bagatela, príncipe', assegurou-me, 'uma coisa ridícula', e sua mão redonda e pastosa desenhou uma curva inteira no ar. 'Trata-se de uma pequena dívida. Acho muito embaraçoso e até repulsivo. Trata-se dos vestidos da senhorita Lutetia.'

'Que vestidos?', perguntei.

'Dois meses já se passaram', respondeu o senhor Charron. 'A senhorita Lutetia é uma pessoa especial: uma mulher, uma dama, quero dizer. Às vezes, é difícil se entender com ela. Devo dizer que se trata de uma verdadeira dama, não como as outras. Apesar de ser filha de um dos meus modestos colegas (o que digo: de um dos meus colegas mais modestos!), ela tem (e com todo direito) as mesmas pretensões de uma grande dama dos círculos mais seletos de nossa clientela. Devo confessar, príncipe, devo confessar que lhe vendi (refiro-me à senhorita Lutetia) três dos meus melhores modelos, que ela mesma havia apresentado. E não teria vindo incomodá-lo se eu não estivesse atravessando, justamente nesses dias, um período particularmente difícil.'

'Quanto é?', perguntei, como um verdadeiro príncipe.

'Oito mil!', respondeu Charron de pronto.

'Muito bem!', eu disse, como um verdadeiro príncipe. E o dispensei. Depois que ele saiu, fui imediatamente à casa de Lutetia. Oito mil francos na época, meus amigos, não era uma ninharia para mim, um informante pobre e miserável. É verdade que eu não deveria ter feito nada. Mas será que eu não a amava mais? Não continuava sendo um prisioneiro?

Fui ver Lutetia, que, sentada à mesa posta, me esperava, como sempre, para o jantar (mesmo à noite, quando eu não podia ir) como convém a uma mulher daquelas a quem chamam de 'sustentada'.

Dei-lhe o beijo habitual, o beijo que, segundo dizem, cabe a todo homem dar obrigatoriamente na mulher que sustenta. Foi um beijo forçado, como os que os grandes senhores costumam distribuir.

Comi sem apetite, e devo confessar que, apesar de toda a minha paixão, observei com um pouco de inveja o apetite saudável de Lutetia. Eu era muito desprezível para continuar pensando nos oito mil francos. E em muitas outras coisas. Pensei em mim mesmo, no autêntico Golubtchik. Poucas horas antes, eu estava muito feliz em ser um verdadeiro Golubtchik de novo. Mas então, compartilhando a mesma mesa com Lutetia, fiquei profundamente amargurado com a ideia de me tornar um verdadeiro Golubtchik. Por outro lado, eu ainda era, em alguns lugares, um Krapotkin, e tinha de pagar oito mil francos. Tinha de pagá-los, é claro, como um Krapotkin. E o montante da dívida de repente me deixou amargo – eu que nunca fazia cálculos ou contas de nenhuma espécie. Há certos momentos, meus amigos, em que o dinheiro que temos de pagar por uma paixão parece quase tão importante quanto a própria paixão e seu objeto. Não pensei que tivesse conseguido e mantido Lutetia, a amada do meu coração, com mentiras vergonhosas e infames, mas, sim, que a tivesse repreendido por sua fé absoluta em minhas mentiras e o fato de que vivia delas. Uma raiva estranha e desconhecida apossou-se de mim. Eu amava Lutetia, mas estava furioso com ela. Enquanto jantávamos, tive a impressão de que ela era a única culpada por minha dívida. Comecei a procurar, investigar e, de alguma forma, cavar, tentando encontrar seus erros. Achei que seu silêncio a respeito dos vestidos equivalia a uma fraude.

Por isso eu disse devagar, enquanto dobrava o guardanapo com lentidão idêntica: 'O senhor Charron veio me ver hoje!'.

'Porco!', limitou-se a dizer Lutetia.

'Por quê?', perguntei.

'Um porco velho', insistiu Lutetia.

'Por quê?', repeti.

'Ah, o senhor vai saber!', disse Lutetia.

'Vou ter de pagar oito mil francos por sua causa', revelei, 'por que não me contou antes?'

'Não tenho de lhe contar tudo', replicou.

'Tem, sim: tudo!', eu a contrariei.

'Não essas ninharias!', rebateu Lutetia, apoiando as mãos juntas sob o queixo e olhando-me com um ar belicoso e quase maligno. 'Não tudo!', repetiu ela.

'E por que não?', eu quis saber.

'Porque não!'

'O que significa *porque não?*'

'Eu sou mulher!', respondeu.

Que argumento!, pensei, mas contive-me, como se diz, e falei:

'Nunca duvidei de sua condição de mulher!'

'Mas nunca entendeu isso!', reclamou.

'Vamos falar de maneira clara e objetiva', propus, sem perder a calma. 'Por que não me falou antes dos vestidos?'

'Ninharia!', minimizou. 'Quanto custam?'

'Oito mil!', respondi. E temi, embora já estivesse determinado a ser um simples Golubtchik, não ter falado como um príncipe Krapotkin teria feito em uma situação semelhante.

'Ninharia!', insistiu. 'Sou mulher e preciso de roupas!'

'Por que não me disse antes?'

'Sou mulher!'

'Já sei!'

'Não sabe!, caso contrário não desperdiçaria suas palavras.'

'Poderia ter me poupado a visita de Charron', eu disse; 'não gosto disso. Detesto surpresas!' Eu ainda falava como um príncipe... mas os oito mil francos me inquietavam.

'Quer continuar a discutir comigo?', perguntou-me Lutetia. Naquele momento, inflamaram-se seus lindos mas desalmados olhos, que me pareceram duas bolas de gude de cristal, aquele pequeno fogo raivoso que provavelmente todos vocês, meus amigos, já notaram nos olhos de suas esposas... em determinados momentos. Se o fogo tiver um sexo, estou convencido de que seja feminino. Não tem razão ou causa evidente. Suspeito que sempre brilha na alma das mulheres, e às vezes inflama e queima em seus olhos, um fogo bom e mau ao mesmo tempo. Como podem ver. Isso me dá medo, em todo caso. Lutetia levantou-se, atirou o guardanapo com aquela veemência voluptuosa com que as mulheres muitas vezes o fazem, reação em geral bastante autêntica, e disse de novo: 'Não vou aguentar mais! Estou farta!'. Como se já não tivesse dito algumas vezes, repetiu: 'O senhor nunca entenderá! Eu sou mulher!'.

Eu também me levantei. Como bom inexperiente, pensei que uma carícia delicada seria suficiente para apaziguar uma mulher e se reconciliar com ela. Mas não: aconteceu o contrário, meus amigos, tudo ao contrário! Mal eu havia esticado um braço cheio de ternura, a doce Lutetia, a amada do meu coração, golpeou-me o rosto com ambos os punhos. Ao mesmo tempo, sapateou com ambos os pés – um costume muito estranho que nós, homens, em geral não praticamos quando damos um golpe – e gritou: 'Amanhã mesmo o senhor pagará, sim, amanhã cedo, eu exijo!'.

Como um príncipe Krapotkin teria reagido nessas circunstâncias, meus amigos? Provavelmente teria dito: 'É claro!', e se retirado. Mas eu, que era apenas um Golubtchik, disse: 'Não!', e fiquei.

De repente, Lutetia deu uma sonora gargalhada, uma daquelas gargalhadas que são chamadas de 'teatrais', embora na realidade não sejam. As mulheres no palco simplesmente imitam as mulheres na vida, isto é, elas mesmas. Onde acaba a dita vida e onde começa o dito teatro?

Então, a amada do meu coração começou a rir. Sua risada durou um tempo cruel. Mas tudo tem fim, como vocês sabem, meus amigos. Quando Lutetia terminou de rir, disse em voz baixa e adotando um ar de seriedade total, quase trágico: 'Se o senhor não pagar, seu primo pagará'.

As palavras de Lutetia me assustaram, sim, assustaram-me, embora nada deveria assustar-me mais. Se meu assim chamado irmão estivera na casa de Lutetia, então ela já deveria estar sabendo quem eu realmente era. Além disso – eu me perguntava –, por que ela deveria continuar ignorando-o? Eu não tinha decidido, antes de ir visitá-la, que me despojaria de meus terríveis disfarces para ser pura e simplesmente um Golubtchik?

Por que voltava a me dar pena desistir da minha vida tão confusa e complicada? Eu amava Lutetia a esse ponto? Bastava um só olhar dela para lançar por terra todas as minhas decisões? Será que eu gostava mesmo dela naquele exato momento? Não via que ela estava mentindo, que era um ser venal? Sim, percebia tudo e também a desprezava. Talvez até a tivesse abandonado, se não fosse meu assim chamado irmão que, lá mesmo, voltava a interpor-se em meu caminho. Eu havia me comportado nobremente com ele e recusei seu dinheiro... mas foi aí que, de repente, o poderoso miserável saiu ao meu encontro mais uma vez.

A verdade é que eu não conseguia reunir aquela soma fabulosa, nem sequer um terço. O que deveria ter sido feito para juntar pelo menos três mil francos e começar a pagar parcelas? Mesmo se eu as pagasse, poderia impedir que Lutetia se inteirasse de quem eu era de verdade? Se pelo menos eu tivesse dinheiro – pensava, à época, em minha cegueira –, revelaria a ela minha verdadeira identidade e que, por sua causa, vinha cometendo as piores infâmias; e que um Golubtchik vale tanto quanto um Krapotkin aos olhos de qualquer mulher. Cheguei a pensar isso. E, apesar de perceber que ela estava mentindo e era um ser sem consciência, eu acreditava que era nobre o suficiente não apenas para suportar minha sinceridade como até mesmo para poder valorizá-la. Cheguei a acreditar que a sinceridade poderia comovê-la. Mas ainda que as mulheres – e para ser justo, os homens também – possam preferir, de antemão, pessoas sinceras, não querem ouvir confissões sinceras de mentirosos ou hipócritas.

E agora prosseguirei com a minha história. Perguntei a Lutetia se ela já tinha visto meu primo. 'Não!', foi sua resposta: ele só havia escrito para ela, contou, embora ela estivesse esperando sua visita a qualquer momento, provavelmente no ateliê do estilista. 'Vai dispensá-lo num segundo!', eu disse. 'Não gosto dessas coisas!' 'Não me importo com o que o senhor gosta ou não! Estou farta do senhor!' 'Ainda o ama?', perguntei sem olhar para ela. E fui tolo o suficiente para acreditar que ela me responderia com um sim ou um não. Mas me disse: 'Suponhamos que eu ainda o amasse. Qual seria o problema?'. 'Resguarde-se!', respondi. 'Não sabe quem eu sou e do que sou capaz.' 'De nada!', exclamou ela, aproximando-se da gaiola do papagaio repulsivo e acariciando a garganta carmesim do pássaro que, depois de um momento, palreou três vezes seguidas: 'Krapotkin, Krapotkin, Krapotkin'. Lutetia lhe ensinara. Era como se ela realmente soubesse tudo sobre mim e só quisesse me contar através do papagaio.

Por cortesia, deixei o papagaio falar como se fosse um ser humano. Então disse: 'Já verá do que eu sou capaz!'. 'Mostre!', replicou ela. Então ficou com raiva, ou fingiu ter ficado. Tive a impressão de que, de súbito, seus cabelos começaram a flutuar, embora não ventasse no aposento. As penas do papagaio também se eriçaram. Ela então pegou o poleiro de metal, onde aquele pássaro horrível costumava empoleirar-se quando saía da gaiola, e o atirou às cegas em mim. Senti os golpes, que me machucaram muito, apesar da minha grande força. A única coisa que superou aqueles golpes foi a surpresa de ver a minha amada, a mulher do meu coração, transformada em uma espécie de furacão calculista e perfumado, um furacão muito sedutor que, apesar de tudo, encorajou-me... a tentar domá-la. Peguei os braços de Lutetia, que gritou de dor; o pássaro emitiu alguns grasnidos estridentes, como se pedisse ajuda aos vizinhos contra mim; Lutetia tropeçou, empalideceu-se e caiu no tapete. Ela não me arrastou consigo em sua queda porque sou pesado demais. Mas, depois de um momento, caí e ela me envolveu em seus braços.

Assim permanecemos longas horas, unidos em um ódio abençoado."

* * *

"Quando acordei, ainda era noite profunda, mas já sentia a chegada da manhã. Deixei Lutetia na cama, pensando que estaria dormindo, mas ela, com uma voz infantil, carinhosa e amorosa, pediu-me: 'Não deixe de ir ao ateliê amanhã! Proteja-me do seu primo. Não o suporto! Amo o senhor!'.

Voltei para casa pela noite silenciosa que já começava a clarear. Avançava cautelosamente, esperando encontrar Lakatos a qualquer momento.

Parecia que eu ouvia, de vez em quando, um leve ruído de passos arrastando-se. Embora eu tivesse medo do meu amigo, tinha certeza de que precisava dele com urgência naquela noite. Eu precisava – ou pelo menos pensava assim – do seu conselho. No entanto, não ignorava que esse conselho seria inevitavelmente infernal."

* * *

"No dia seguinte, antes de ir para o estilista, ou seja, para Lutetia, bebi bastante. Enquanto eu me anestesiava, pensava que estava ficando mais lúcido e traçando planos mais inteligentes.

O estilista me cumprimentou com entusiasmo. Seus credores, reconhecíveis à primeira vista por seu sorriso sombrio e silêncio eloquente, esperavam por ele na antessala. Eu falava sem saber muito bem o que dizia. Queria ver Lutetia, que estava em seu camarim, cercada por três espelhos. Faziam-na experimentar tecidos diferentes: envolviam-na e voltavam a despi-la, dando a impressão de que queriam martirizá-la, lenta e elegantemente, com centenas de agulhas. 'Ele veio pessoalmente?', perguntei por sobre os cabelos oleosos dos três jovens que manuseavam os tecidos e as agulhas.

'Não! Só enviou flores!'

Eu queria acrescentar algo, mas, antes, senti um nó na garganta, depois Lutetia mandou que eu saísse. 'Esta noite!', disse ela.

O senhor Charron estava me esperando na porta. 'Esta tarde, sem dúvida!', eu disse, para não ter de falar mais com ele, embora não tivesse a menor esperança de que Soloweiczyk me desse o dinheiro.

Saí rapidamente e fui ver Soloweiczyk.

Eu sabia perfeitamente que era raro encontrá-lo naquela hora. Seu escritório tinha duas antessalas, localizadas em extremidades opostas. As antessalas eram, de certa maneira, contíguas ao escritório como duas orelhas em uma cabeça. Uma delas estava fechada por uma porta branca com molduras douradas. A outra, na extremidade oposta, isolada por uma pesada anteporta verde. Na primeira dessas antessalas, costumavam esperar os desavisados, aqueles que não tinham a menor ideia das verdadeiras funções de Soloweiczyk. Na segunda, esperávamos nós, os iniciados. Eu não conhecia todos, apenas alguns. Através da anteporta podíamos ouvir toda a discussão de Soloweiczyk com os desavisados. Tratava-se de assuntos ridículos: exportação e importação de cereais, permissões especiais para comissários de lúpulo durante a temporada, renovação de passaporte para os doentes, recomendações para gerentes de negócios com governos estrangeiros etc. Nós, os iniciados, não nos importávamos com essas questões, mas nossos ouvidos, treinados para a espionagem, captavam tudo. Teria sido fácil entabular conversa enquanto esperávamos, mas nenhum de nós conseguiu superar a restrição imposta por nossos ouvidos de espiões profissionais, e evitamos conversas que nos impediriam de ouvir. Também desconfiávamos um do outro e até nos detestávamos. Assim que Soloweiczyk terminava com os desavisados, fazia correr a anteporta verde, dava uma olhadela na nossa antessala e chamava um de nós, de acordo com a importância da pessoa e do caso. Naquele momento, os outros 'iniciados' tinham de sair e, cruzando o pátio, instalar-se na outra antessala, que estava separada pela porta, através da qual nada podia ser ouvido.

Soloweiczyk chegou atrasado naquele dia, mas despachou os desavisados – com quem ele costumava falar alto ou mesmo gritar – em pouco tempo. Esperávamos um total de seis iniciados. Ele me chamou primeiro.

'Andou bebendo!', disse ele. 'Sente-se!'

Com um gesto amável, que nunca tivera comigo, até me convidou para um cigarro de sua grande e maciça charuteira de prata niquelada.

Eu tinha o começo do meu discurso muito bem preparado, mas sua amabilidade me desconcertou tanto que eu não sabia por onde começar.

'Não tenho nada de especial para relatar!', disse eu. 'Só quero lhe pedir uma coisa: dinheiro!'

'Sem dúvida', respondeu Soloweiczyk. 'O príncipe está aqui.' Soprou alguns anéis de fumaça no ar e começou: 'Jovem, a longo prazo, o senhor não poderá aguentar sua competição; vai acabar se afundando miseravelmente'. Ele cortou, dissecou a palavra 'miseravelmente'. Era um 'miseravelmente' eterno e sem margens. 'O senhor é uma pessoa', prosseguiu, 'que nem eu mesmo', e pela primeira vez notei nele uma espécie de vaidade, 'nem eu mesmo', repetiu, 'consegui ver claramente. Recusou-se a aceitar dinheiro e pretende resgatar os Rifkin. Uma coisa deve ser reconhecida: o senhor é talentoso. Não é perfeito. Como eu diria... ainda é um ser humano, já é um canalha, perdoe-me a palavra, mas na minha boca não tem um matiz pessoal, mas, de certo modo, *literário*... e ainda tem paixões. Decida-se!'

'Já me decidi', repliquei.

'Diga-me sinceramente', perguntou Soloweiczyk, 'o senhor queria colocar o príncipe em uma armadilha, induzindo-o a ajudar os Rifkin?'

'Sim', respondi, embora não fosse verdade, como vocês sabem.

'Bem', disse Soloweiczyk, 'nesse caso o senhor é perfeito. Embora não lhe tenha sido útil. O príncipe nunca cairá. Mas o senhor pode conseguir o dinheiro. Acompanhe a jovem Rifkin à Rússia'.

'Como assim?', perguntei. 'Essas pessoas são desconfiadas.'

'Como? Isso é problema seu', disse Soloweiczyk. 'Terá de falsificar.'

Esmaguei meu cigarro no cinzeiro maciço de ágata preta.

'Não sei falsificar', repliquei, desamparado como uma criança.

Ah, meus amigos! Naquele momento, eu tinha diante dos meus olhos a nobre senhorita Rifkin. Também vi Lutetia, a amada do meu coração. E o grande inimigo da minha vida: o jovem Krapotkin. De repente, o senhor Lakatos surgiu, claudicando ligeiramente. Tive a impressão de que todos, todos eles, dominavam a minha vida. O que ela era no fundo? Era de fato a minha própria vida? Uma súbita indignação contra os quatro me invadiu. Uma indignação dividida de forma proporcional, meus queridos amigos, embora eu soubesse distinguir muito bem cada um deles; embora soubesse exatamente que, na verdade, eu amava a nobre senhorita Rifkin; que eu desejava e desprezava Lutetia, e que só a desejava porque queria obter uma vitória mínima, barata e miserável sobre Krapotkin; e temia que Lakatos fosse o enviado pessoal do diabo, que me destinara, a mim em particular, esse diabrete tão *sui generis*. De repente fui tomado por um desejo profundo, sublime e inefável de ser mais forte do que todos eles; por assim dizer, ser mais forte do que meus próprios sentimentos por todos eles; ser mais forte do que meu verdadeiro amor pela nobre senhorita Rifkin, mais forte do que meu ódio por Krapotkin, mais forte do que meu desejo por Lutetia, mais forte do que meu medo de Lakatos. Sim, eu queria superar minhas próprias forças, meus queridos: é a pura verdade.

Precipitei-me no maior crime da minha vida. Mas, como eu ainda não sabia qual era a maneira mais segura de cometê-lo, voltei a dizer timidamente: 'Não sei falsificar'.

Soloweiczyk olhou para mim com seus olhos mortos, de um cinza-pálido, e disse: 'Talvez seu velho amigo lhe ensine. Saia por aqui'. Não apontou para a porta, mas para a anteporta, pela qual eu havia entrado."

* * *

"Não há dúvida, meus amigos, de que o destino guia nossos caminhos: uma constatação banal e antiga como o próprio destino. De vez em quando o percebemos. Mas, em geral, não queremos vê-lo. Eu também fazia parte daqueles que não queriam vê-lo, muitas vezes fechava os olhos convulsivamente para não o ver, como uma criança o faz no escuro para perder o medo da escuridão que a rodeia. No entanto – talvez por ser um maldito, talvez por ser um eleito –, o destino me forçava, a cada passo e de uma maneira muito clara – quase diria banal –, a abrir meus olhos novamente.

Quando saí da embaixada, que, como vocês verão, ficava em uma das avenidas mais luxuosas, junto a muitas outras embaixadas, lancei-me no encalço de um bar. Pois faço parte das pessoas que, em certa medida, não conseguem ver com clareza enquanto andam, mas apenas sentadas e bem em frente a um copo. Então procurei um bar, e o encontrei depois de ter andado cerca de quarenta passos, do lado direito. Era um daqueles que, aqui, chamam de *tabac*, e, a menos de vinte passos, descobri outro. Como não queria ir ao *tabac*, mas ao outro, continuei caminhando. Mas, quando cheguei diante deste, dei meia-volta e, por alguma razão que creio totalmente inexplicável, fui ao *tabac*. Sentei-me a uma das minúsculas mesinhas da parte de trás do local. Através da porta de vidro, que separava o balcão do lugar onde eu estava, via as pessoas que compravam cigarros entrando e saindo. Sentei-me de frente para aquela porta de vidro, sem perceber que, atrás de mim, havia outra de madeira comum. Pedi um Marc de Bourgogne e me entreguei às reflexões. 'Veja só quem está aí, um velho amigo!', ouvi alguém dizer às minhas costas. Virei-me. Vocês já terão adivinhado de quem se tratava, meus amigos! Era meu amigo Lakatos.

Só lhe dei dois dedos, que ele apertou como se fossem minha mão inteira.

Ele sentou-se imediatamente: estava alegre, arrumado, seus dentes brancos brilhavam e sua barbicha preta luzia azulada. Tinha um chapéu de palha inclinado sobre a orelha esquerda. Chamou-me atenção o fato de ele não usar sua bengala naquele dia: era a primeira vez que o via sem bengala. Ainda mais extravagante era sua pasta, de couro vermelho do Marrocos.

'Boas notícias!', anunciou ele apontando para a pasta. 'Os prêmios aumentaram.'

'Que prêmios?'

'Os prêmios por capturar inimigos do Estado', respondeu, como se falasse de prêmios para corredores e ciclistas, muito comuns naquela época.

'Acabei de ver o senhor Charron', prosseguiu Lakatos, 'ele o espera.'

'Que espere!', falei. Mas eu estava inquieto.

Enquanto mergulhava seu biscoito no café – ainda lembro perfeitamente que era uma meia-lua, um *croissant*, como também é chamado –, Lakatos acrescentou: 'A propósito, o senhor tem amigos aqui, os Rifkin'.

'Sim', disse eu descaradamente.

'Eu sei', disse Lakatos, 'a senhorita deve retornar para a Rússia. Que difícil deve ser entregar uma pessoa tão honesta!' Ele calou-se, voltou a mergulhar o *croissant* no café, e completou sorvendo a parte molhada: 'Dois mil', e depois de uma pausa mais longa, 'rublos'. Permanecemos em silêncio por alguns minutos. De repente, Lakatos levantou-se, abriu a porta de vidro, olhou para o relógio de parede pendurado acima do balcão e comunicou: 'Preciso ir, vou deixar meu chapéu e minha pasta aqui. Estarei de volta em dez ou quinze minutos, no máximo'.

E desapareceu atrás da porta.

Na minha frente, estava a pasta vermelho-fogo de Lakatos. Ao seu lado, como um criado, o chapéu de palha. O fecho da pasta brilhava como uma boca dourada fechada. Uma boca lasciva.

Uma curiosidade profissional – embora não só profissional, mas também sobrenatural e diabólica – levou-me a olhar de soslaio por sobre a mesa e cravar os olhos na pasta. Eu poderia abri-la antes que Lakatos voltasse. Dez minutos!, dissera ele. Dez minutos! Através da porta de vidro, chegava-me o seco tique-taque do relógio de parede acima do balcão. A pasta me dava medo. De ambos os lados, acima do fecho central que, como mencionei, parecia uma boca, havia dois fechos menores que, naquele instante, me lembravam olhos. Tomei mais duas bebidas duplas e os olhos da pasta começaram a piscar. O tique-taque do relógio seguia seu curso, o tempo voava e, de repente, tive a impressão de saber quão precioso é o tempo.

Às vezes, em certos momentos, a pasta de couro vermelho-fogo de Lakatos parecia inclinar-se espontaneamente em minha direção da cadeira em que ela se apoiava. Por fim, num momento em que pensei que ela se entregaria a mim, eu a agarrei. E a abri. Enquanto ouvia o tique-taque seco e cruel daquele relógio, calculei que Lakatos poderia voltar a qualquer momento e fui com ela até o toalete.

Se Lakatos chegasse nesse ínterim, eu poderia dizer que a pegara por precaução. Tive a impressão de que não a levava comigo, mas de que a sequestrava.

Eu a abri com dedos febris. Na verdade, eu deveria saber o que ela continha... Como eu não saberia, eu, que conhecia o diabo tão bem e sua relação comigo? Mas, às vezes acontece – e esse foi o caso, meus amigos – de percebermos as coisas com faculdades muito diferentes das dos sentidos e do entendimento, e nos rebelarmos contra essas percepções por preguiça, covardia e costume. Foi o que aconteceu comigo também naquele momento. Desconfiei da veracidade da minha intuição e, além disso, fiz uma série de esforços para desconfiar dela.

Talvez alguns de vocês, meus queridos, já tenham adivinhado que tipo de papéis a pasta de Lakatos continha: de minha parte, eu conhecia perfeitamente aqueles pequenos papéis, e os conhecia pela minha profissão. Eram aqueles formulários carimbados e assinados que nossos agentes entregaram aos pobres emigrantes para regressar à Rússia. Assim nossa instituição costumava pôr inúmeras pessoas nas mãos das autoridades. Os pobres inocentes embarcaram para casa felizes e seguros, com passaportes legais, mas foram detidos na fronteira, e só depois de várias semanas ou meses de tortura estavam disponíveis para o tribunal, e de lá para a prisão ou para a Sibéria. Os infelizes tinham confiado em gente como nós. Os carimbos eram autênticos, as assinaturas, autênticas, as fotografias, autênticas... que dúvida poderiam ter? Nem mesmo as autoridades oficiais conheciam nossos métodos infames. Apenas alguns indícios deveras insignificantes permitiam que nossos agentes de fronteira distinguissem passaportes suspeitos daqueles que não o eram. Esses indícios escapavam, a propósito, de um olho humano normal. Eles também mudavam com frequência. Às vezes, era uma alfinetada mínima na fotografia do dono do passaporte; outras, faltava meia letra do carimbo redondo, ou o sobrenome do titular do passaporte era escrito em letra de imprensa e não na letra cursiva normal. De tudo isso, as autoridades oficiais não estavam mais conscientes do que as próprias vítimas. Somente nossos agentes de fronteira conheciam esses sinais diabólicos. Na pasta do senhor Lakatos, descobri um conjunto de carimbos impecáveis e almofadas de tinta vermelha, azul, preta e violeta. Voltei com ela para a minha mesa e continuei esperando.

Depois de alguns minutos, Lakatos chegou, sentou-se e, com ar solene, tirou um envelope do bolso do seu casaco e entregou-o a mim sem dizer uma palavra. Enquanto me punha a abrir o envelope, que levava o selo da nossa embaixada, vi como ele tirou um dos passaportes de sua pasta de couro vermelho, ouvindo-o pedir tinta e uma caneta. No documento que li, a Embaixada Imperial comunicava ao príncipe Krapotkin que, por um indulto especial do czar, os irmãos Rifkin haviam sido libertados e nenhum perigo ameaçava sua irmã, Channa Lea Rifkin, se ela decidisse voltar para a Rússia. Fiquei assustado, meus amigos, terrivelmente assustado. Mas não me levantei para sair, não, nem passei o documento para Lakatos. Limitei-me a observar como ele, sem se preocupar comigo, preenchia, lenta, cuidadosa e tranquilamente, o passaporte para a judia Rifkin, com uma letra de chancelaria bonita e caligráfica.

Meus queridos! O ódio e o desprezo por mim mesmo fazem-me tremer agora que conto tudo isso. Mas, à época, eu era mudo como um peixe e indiferente como um carrasco depois de sua centésima execução. Acredito que um homem virtuoso é tão incapaz de explicar sua ação mais nobre, como um miserável da minha espécie fazer o mesmo com a mais vil de suas infâmias. Eu sabia que o destino da garota mais nobre que eu conhecia estava em jogo. Meus olhos de profissional experimentado permitiram-me ver a misteriosa e diabólica alfinetada no sobrenome. Mas não tremi nem me movi. Como um pobre infeliz, pensei na pobre e infeliz Lutetia. Por mais que eu seja um canalha, devo dizer-lhes que uma coisa me aterrorizava: ter de ir pessoalmente aos Rifkin e dar a boa notícia traiçoeira à garota e ao seu irmão. Tremia tanto diante dessa perspectiva que, estranhamente – cinicamente –, me senti livre de toda a culpa quando Lakatos, tendo secado com esmero todas as anotações no passaporte com o mata-borrão, se levantou e disse: 'Irei vê-la eu mesmo! Escreva algumas linhas: O portador desta é um amigo; boa viagem, *até um próximo reencontro na Rússia, Krapotkin*'. E, aproximando de mim o papel e o tinteiro, colocou a caneta na minha mão. Eu, meus amigos – permitem continuar chamando-os de 'amigos'? –, escrevi, ou melhor, minha mão escreveu. Eu nunca havia escrito tão rápido.

Lakatos pegou o papel sem secá-lo. Quando saiu, a folha flutuava em sua mão como uma bandeira. A pasta vermelha flamejava sob seu braço esquerdo."

* * *

"Tudo isso aconteceu muito rápido, em menos tempo do que dedico para contá-lo. Apenas cinco minutos depois, levantei-me de um salto, paguei apressadamente a conta e fui até a porta em busca de um coche. Mas não apareceu nenhum. Em vez de um coche, vi um lacaio da embaixada correndo em minha direção. Soloweiczyk queria me ver.

Logo deduzi, é claro, que Lakatos lhe dissera onde ele poderia me encontrar. Em vez de arranjar uma desculpa e procurar um coche, segui o criado e fui ver Soloweiczyk.

Fiquei sentado sozinho por um momento na antessala dos iniciados, e ele não me fez esperar muito. Dez minutos se passaram – dez eternidades – e, por fim, me chamou. Comecei imediatamente: 'Preciso ir embora, é uma vida humana preciosa, preciso ir embora!'.

'De quem se trata?', perguntou ele devagar. 'Dos Rifkin!', respondi. 'Não os conheço nem sei nada sobre eles', disse Soloweiczyk. 'Fique sentado! O senhor precisava de dinheiro?

Aqui está! Para serviços especiais!' E entregou-me minha recompensa, meus amigos! Quem nunca foi recompensado por traição pode considerar a expressão 'recompensa de Judas' banal. Eu não. Eu não. Eu não.

Corri porta afora, sem chapéu, e peguei um coche. De vez em quando, eu batia gentilmente com meu punho nas costas do cocheiro, que fazia o chicote estalar cada vez mais forte. Chegamos à casa do suíço. Eu apeei, e o bom homem cumprimentou-me com cara de felicidade. 'Eles finalmente estão livres e a salvo!', exclamou ele, 'graças ao senhor! Eles já foram para a estação. Seu secretário, Excelência, levou-os imediatamente. Que pessoa nobre o senhor é!' Ele tinha lágrimas nos olhos, pegou minha mão e inclinou-se para beijá-la. O canário gorjeava.

Retirei minha mão, não o cumprimentei, voltei para o coche e fui para o hotel.

No caminho, tirei o cheque do bolso e levei-o na minha mão contraída. Era o dinheiro do meu pecado, mas acabaria sendo o da minha expiação. A quantia era incrivelmente alta, e mesmo agora tenho vergonha de dizer isso... embora esteja lhes contando todo esse rosário de infâmias. Adeus, Lutetia; adeus, estilista; adeus, Krapotkin. À Rússia! Com dinheiro, eu ainda podia alcançá-los na fronteira. Telegrafaria para meus colegas. Já me conhecem. Com dinheiro, era possível enviá-los de volta! Basta de ambições ridículas! Desagravar! Desagravar! Fazer as malas e ir para a Rússia! Salvar! Salvar a alma!

Paguei o hotel, mandei fazer as malas e pedi algo para beber. E bebi, bebi, bebi. Uma alegria selvagem apoderou-se de mim: eu já estava salvo! Telegrafei para Kaniuk, o chefe da nossa polícia secreta fronteiriça, para deter os Rifkin. Sôfrego, ajudei os criados a fazer minhas malas.

Pouco antes da meia-noite, eu estava pronto. Meu trem só sairia às sete horas da manhã. Enfiei a mão em um dos bolsos e senti uma chave. Ao apalparem sua forma e seu palhetão, meus dedos reconheceram a chave do apartamento de Lutetia. Ah, um sinal do bom Deus! Terei de ir vê-la hoje, pensei, e confessar tudo nessa noite bendita. Nós nos despediremos, e ela e eu seremos livres. Fui ao apartamento de Lutetia. Quando saí para a rua, tive a sensação de ter bebido demais. Ao meu redor, vi pessoas animadas cantando. Vi pessoas com bandeiras, oradores entusiasmados e mulheres chorando. Àquela altura, como sabem, Jaurès[5] havia acabado de ser assassinado em Paris. Tudo o que via preludiava, é óbvio, a guerra. Mas eu estava totalmente absorto e não entendia nada; continuei andando hesitante, como um bêbado estúpido...

Eu estava disposto a dizer que havia mentido para ela. Uma vez no caminho da honestidade, nada poderia me impedir. Então decidi embriagar-me de honestidade e sentimentos nobres, assim como, antes, havia me embriagado de maldade. Muito depois, eu perceberia que esses tipos de embriaguez não podem ser constantes. É impossível embriagar-se de honestidade e sentimentos nobres. A virtude está sempre sóbria.

Sim, eu queria confessar tudo. Queria – e imaginei uma verdadeira tragédia – humilhar-me diante do grande amor da minha vida e depois lhe dizer adeus para sempre. Minha resignação nobre e piedosa pareceu-me, naquele instante, muito mais sublime do que a nobreza falaciosa (e até mesmo a paixão) na qual eu vivera até então. Personagem sofredor e humilhado, mas um herói anônimo, eu me propus levar uma vida errante. Se até aquele momento eu havia sido um herói lamentável, estava disposto a tornar-me um herói legítimo, de verdade.

---

5   Jean Jaurès (1859-1914), professor de filosofia, parlamentar e líder socialista francês, advogava uma revolução democrática e não violenta. Junto a Émile Zola e Georges Clemenceau, capitaneou a campanha pela revisão judicial do Caso Dreyfus. Pacifista, empenhou-se diplomaticamente para evitar a Primeira Guerra Mundial, mas foi assassinado por um nacionalista francês pouco antes da eclosão do conflito. Seus restos mortais encontram-se no Panthéon de Paris. (N.E.)

Naquele estado de solene melancolia – se me permitem a expressão –, fui ver Lutetia. Abri a porta. Era um horário em que minha amada tinha o hábito de esperar pela minha visita. Já no saguão, chamou-me atenção o fato de sua criada não sair para me receber, pois ela também costumava esperar por mim naquelas horas. Todas as portas estavam abertas. Era preciso cruzar com o repugnante papagaio e outras criaturas para se chegar à sala iluminada e, depois, passando pelo banheiro, ao quarto iluminado por uma suave luz azul que Lutetia costumava chamar de seu *boudo*. No começo, titubeei, por algum motivo que ignoro. Depavancei com passos mais delicados do que o habitual. A terceira porta, que dava para o quarto, estava fechada, mas não trancada. Eu a abri, hesitante.

Na cama, ao lado de Lutetia e com um braço em volta do seu pescoço, repousava um homem que, como podem imaginar, era o jovem Krapotkin. Ambos dormiam tão profundamente que nem sequer me ouviram chegar. Aproximei-me da cama na ponta dos pés. Ó, não era minha intenção fazer o que chamamos de cena. O que vi, naquele momento, me causou uma dor profunda. Mas ciúme não tive nem um pouco. No estado de resignação heroica em que me encontrava, a dor que aqueles dois me causaram foi algo que quase cheguei a desejar. De certa forma, endossava meu heroísmo e minhas decisões. Minha verdadeira intenção era despertá-los com gentileza, desejar-lhes felicidade e contar-lhes tudo. Mas Lutetia acordou, deu um grito estridente e despertou, é claro, o jovem. Antes que eu pudesse dizer qualquer coisa, eu o vi sentado na cama, vestindo um pijama de seda azul-berrante que deixava descoberto seu peito. Era um peito juvenil, branco, fraco e glabro, um peito de adolescente que, naquele momento, não sei por que, irritou-me tanto. 'Ah, Golubtchik!', constatou ele esfregando os olhos, 'ainda não acertou as contas? Meu secretário não acabou de lhe pagar? Dê-me meu casaco; por mim, o senhor pode ficar com a carteira.'

Lutetia ficou em silêncio. E olhou para mim. Já devia saber de tudo.

Como eu não me mexi e apenas olhei para o príncipe com um ar triste, ele, em sua estupidez, devia ter pensado que eu o encarava com um ar de desafio insolente e começou a gritar de repente: 'Fora, informante, pobre-diabo, vendido, fora!'.

Naquele exato momento, quando vi Lutetia levantar-se nua, com os seios nus, aquela mulher que, de acordo com as estúpidas convenções masculinas, devia realmente me 'pertencer', inflamou-se em mim, digo, despertou então em mim – apesar de minhas boas intenções e, de alguma forma, estar livre de qualquer apetite carnal – minha antiga raiva.

Eu não conseguia pensar em absolutamente nada; apenas a palavra Golubtchik invadiu meu cérebro e meu sangue, e meu ódio não encontrou outra expressão. A visão de Lutetia nua transtornou-me por completo, e, na mesma hora, gritei na cara do príncipe Krapotkin, ainda mais alto do que ele: 'Golubtchik é o senhor, não eu! Quem sabe com quantos Golubtchik sua mãe terá se deitado! Ninguém sabe. Mas, com a minha, o velho Krapotkin se deitou. E eu sou seu filho!'.

Ele deu um salto e agarrou meu pescoço, o fracote. Nu, parecia ainda mais fraco. Suas mãos delicadas não conseguiram envolver meu pescoço. Eu o empurrei, derrubando-o na cama.

Daquele momento em diante, não sei exatamente o que aconteceu. Ainda ouço os gritos estridentes de Lutetia. Ainda vejo como ela pulou da cama totalmente nua, impudica, como me pareceu, para proteger o jovem. Eu já não era mais dono dos meus atos. Carregava no bolso um pesado molho de chaves com um cadeado de ferro, aquele cadeado que, por precaução especial, colocava em minha mala secreta quando guardava papéis importantes nela. Não tenho mais documentos importantes. Não sou mais um informante. Sou uma pessoa decente. Mas, naquela ocasião, fui provocado. Forçaram-me a cometer um crime. Sem saber muito bem o que eu estava fazendo, enfiei a mão no bolso, puxei o molho de chaves e golpeei a cabeça de Krapotkin e a de Lutetia. Até aquele momento, eu nunca havia golpeado com tanta fúria. Ignoro o que as outras pessoas sentem quando são tomadas pela raiva cega. De qualquer forma, senti que cada um daqueles golpes me proporcionava, meus amigos, um prazer desconhecido até então. Ao mesmo tempo, tive a convicção de que meus golpes também deleitavam as minhas vítimas. Foram golpes e mais golpes – não tenho vergonha de dizer –, incessantes, meus amigos..."

A essa altura, Golubtchik levantou-se da cadeira, e seu rosto, ao qual todos os nossos olhares se convergiram, passou de um branco macilento para um tom violáceo. Com um de seus punhos, deu alguns socos na mesa, de modo que os copos cheios pela metade caíram lamentavelmente e rolaram no chão, enquanto o dono se apressava para salvar a garrafa. Embora tenha observado, irritado, os movimentos de Golubtchik, conseguiu encontrar presença de espírito (profissional) suficiente para esconder a garrafa no colo. Golubtchik abriu os olhos primeiro, depois os fechou e, a seguir, suas pálpebras começaram a tremer. Um fino traço de saliva foi debruando de branco seus lábios azulados. Assim deve ter sido o seu aspecto quando cometeu esse duplo crime. E todos nós, seus ouvintes, então soubemos: o homem era um assassino...

Ele voltou a sentar-se e seu rosto recuperou a cor habitual. Limpou a boca com as costas da mão, depois a mão com seu lenço, e prosseguiu.

"Primeiro, notei na fronte de Lutetia, acima do olho esquerdo, um corte profundo. O sangue, que jorrou, encharcou seu rosto e tingiu os travesseiros. Embora Krapotkin, minha segunda vítima, estivesse caído ao lado, consegui imaginar (era uma faculdade realmente prodigiosa a de não ver, tendo os olhos abertos, o que eu não queria ver) que o jovem não estava lá. Só vi a torrente de sangue jorrando de Lutetia. Não me assustei com meu delito.

Não! Eu só estava assustado com aquele fluxo infindável, a profusão de sangue que pode caber em uma cabeça humana. Tive a impressão de que, se continuasse esperando, logo me afogaria naquele sangue que eu mesmo acabara de derramar.

De repente, tranquilizei-me. Nada me acalmava tanto quanto a certeza de que aqueles dois não iriam mais falar. Permaneceriam mudos por toda a eternidade. O silêncio era total; apenas os gatos se aproximaram, furtivos, e saltaram para as camas. Talvez cheirassem o sangue. Do aposento contíguo, o papagaio palrou meu sobrenome, meu sobrenome roubado: 'Krapotkin, Krapotkin!'.

Fico na frente do espelho. Estou perfeitamente calmo. Contemplo meu rosto e, em voz alta, digo à minha imagem no espelho: 'Você é um assassino!'. Em seguida, penso: 'Você é um policial! Tem de conhecer seu ofício a fundo!'.

Então vou ao banheiro, seguido pelos gatos silenciosos. Lavo minhas mãos e meu molho de chaves com o cadeado."

* * *

"Sentado à escrivaninha de Lutetia, cuja graciosidade me incomodava, escrevi, alterando minha letra e em caracteres latinos, as seguintes palavras: 'Nós queríamos morrer de qualquer jeito. E morremos pelas mãos de um terceiro. Nosso assassino é um amigo do meu amante, o príncipe!'.

Senti um prazer muito especial em imitar, traço a traço, a letra de Lutetia; aliás, não foi difícil, usando sua tinta e sua caneta. Ela tinha a letra de todas as pequeno-burguesas que ascendem a um novo status subitamente. No entanto, demorei um tempo fora do comum para imitar sua letra com a máxima precisão. Ao meu redor, os gatos deslizavam. O papagaio gritava de vez em quando: 'Krapotkin, Krapotkin!'."

* * *

"Depois que terminei, saí do quarto. Tranquei o aposento por fora com duas voltas na chave, e fiz o mesmo com o apartamento. Desci as escadas com tranquilidade e a mente vazia. Como era meu costume, cumprimentei educadamente a porteira, que, apesar do adiantado da hora, continuava tricotando em sua guarita. Até se levantou, porque eu era um príncipe... e de mim recebera muitas vezes gratificações principescas.

Ainda parei por um momento, tranquilo e com a mente vazia, em frente à porta de entrada. Esperei um fiacre. Quando um condutor livre passou, sinalizei e subi. Dirigi-me para a casa do suíço com quem os Rifkin tinham vivido. Acordei-o e pedi: 'Tenho de me esconder em sua casa'.

'Venha', limitou-se a dizer, conduzindo-me a um cômodo que eu nunca tinha visto antes. 'Aqui estará seguro', acrescentou. E trouxe-me leite e pão. 'Tenho algo a lhe contar', informei. 'Não matei por motivos políticos; porém, pessoais.'

'Isso não me diz respeito', replicou ele.

'Tenho de lhe contar mais uma coisa', insisti. 'O quê?', ele quis saber.

Naquele momento – a escuridão era total –, armei-me de coragem e revelei: 'Eu sou... sou informante há anos. Mas hoje matei por motivos particulares'.

'Fique aqui até o amanhecer!', disse ele. 'Depois disso... nem mais um segundo nesta casa.' Em seguida, como se o anjo tivesse despertado em seu interior, acrescentou: 'Durma bem! E que Deus o perdoe!'.

Não dormi nada... ainda precisava lhes dizer isso, meus amigos? Acordei muito antes do amanhecer, depois de ter passado a noite sem dormir e sem me despir. Eu tinha de sair da casa, e saí. Perambulei sem rumo pelas ruas que despertavam. Quando bateram oito horas em diferentes campanários, fui para a embaixada. Eu não tinha calculado mal. Entrei diretamente, sem me fazer anunciar, no escritório de Soloweiczyk. E contei-lhe tudo.

Quando terminei, ele disse: 'O senhor teve muito azar na vida, mas alguma sorte também. Não sabe o que aconteceu. O mundo está em guerra. Pode eclodir a qualquer momento desses. Talvez na hora em que o senhor cometeu sua transgressão, ou melhor, seu crime. O senhor terá de se alistar! Espere meia horinha. Será recrutado!'."

* * *

"Então, alistei-me, meus amigos, e com muita alegria. Em vão, perguntei pelos Rifkin na fronteira. Kaniuk também não estava mais lá. Ninguém sabia nada sobre o meu telegrama. Não preciso lhes contar o que foi aquela guerra mundial, pois todos vocês a viveram. A morte rondava-nos a todos. Estávamos familiarizados com ela, já sabem, como com um irmão de confiança. A maioria de nós a temia. Mas eu a procurava. Eu a procurava com todo o meu amor e toda a minha violência. Procurei-a nas trincheiras, procurei-a nos postos avançados, entre e além dos arames farpados, no meio do fogo cruzado e das colunas de assalto, no gás venenoso e aonde quer que eu fosse, meus amigos. Ganhei condecorações, mas nunca um ferimento. A morte, boa irmã, escapou-me. A boa irmã morte me desprezou. Meus companheiros caíram ao meu redor. Eu nem sequer chorei por eles. Lamentei o fato de não poder morrer. Eu matei e não podia morrer. Fiz sacrifícios à morte, e ela me puniu recusando-se a acolher-me em seu seio: eu e ninguém além de mim.

Como a desejei naqueles dias! Pois ainda acreditava que a morte era um tormento, graças ao qual se poderiam expiar faltas. Só mais tarde, comecei a suspeitar que é uma libertação. Eu não a merecia; por isso, não viera para me redimir.

Seria supérfluo, meus amigos, contar sobre a catástrofe que, mais tarde, atingiu a Rússia. Vocês todos a conhecem, e, também, não faz parte da minha história. À minha história pertence apenas o fato de que eu, que saí ileso apesar da minha impaciência para morrer, fugi da revolução. Cheguei à Áustria e, de lá, fui para a Suíça. Permitam-me, por favor, as distintas etapas. Fui atraído pela França e, sobretudo, por Paris. Tendo sido desdenhado pela morte, algo me atraiu ao lugar dos meus crimes lamentáveis, como todo assassino. Cheguei a Paris em um dia alegre, embora fosse outono, quase inverno... porque o inverno de Paris é semelhante ao nosso outono. Estavam celebrando a paz e a vitória. Mas o que tenho a ver com a paz e a vitória? Arrastei-me para a casa da *avenue* des Champs Elysées, onde, anos antes, eu havia perpetrado meu duplo crime.

A porteira, a idosa porteira, ainda estava na portaria. Não me reconheceu. Como poderia? Meus cabelos haviam encanecido... eu estava tão grisalho quanto agora.

Perguntei por Lutetia... e meu coração palpitava.

'Terceiro andar à esquerda', informou.

Subi as escadas e toquei a campainha. A própria Lutetia abriu a porta. Eu a reconheci de imediato. Mas ela, não. Parecia disposta a não me deixar entrar.

'Ah!', suspirou ela depois de um tempo... recuou, fechou a porta e voltou a abri-la. 'Ah!', repetiu e abriu os braços.

Não sei, meus amigos, por que realmente caí naqueles braços. Abraçamo-nos por um longo tempo e de forma efusiva. Tive a nítida impressão de que algo extremamente banal, ridículo, até mesmo grotesco, estava acontecendo. Imaginem: ter em meus braços a mulher que eu pensava ter matado com minhas próprias mãos!

Bem, meus amigos, depois de pouco tempo tive de sentir, viver na própria carne a mais sublime e profunda – para dar alguma apreciação – de todas as tragédias: a tragédia da banalidade.

No começo, fiquei com Lutetia, que, aliás, não se chamava assim havia muito tempo. Pelo estilista do mundo da moda, ninguém dava um centavo, como se costuma dizer. Fiquei com ela por amor, por arrependimento, por fraqueza; como saber de verdade, meus amigos?

Eu não matara nenhum dos dois. Provavelmente, só matei os Rifkin. Anteontem encontrei o jovem príncipe Krapotkin no Jardim de Luxemburgo. Acompanhado de seu grisalho secretário de costeletas, que ainda vive e, mais esmolambado e mesquinho do que no passado, continua não parecendo um acompanhante do príncipe, mas, sim, um carregador de caixão (um acompanhante de funeral, como se diz), ia o jovem príncipe apoiando-se em um par de muletas... talvez consequência do ferimento que eu lhe fizera na cabeça.

'Ah, Golubtchik!', exclamou ele quando me viu... e sua voz soou diferente, quase animada.

'Sim, sou eu mesmo!', confirmei. 'Perdoe-me!'

'Nada, nada, nada do passado!', disse ele, aprumando-se em sua altura total com a ajuda das muletas. 'O importante é o presente, o futuro!'

Imediatamente percebi que ele estava com os sentidos debilitados, e disse: 'Sim, sim!'.

Uma leve fagulha, de repente, iluminou seus olhos, e indagou:

'E a senhorita Lutetia? Ainda vive?'

'Ainda vive!', respondi. E despedi-me rapidamente."

* * *

"E assim termina minha história", falou Golubtchik, o assassino. "Mas posso lhes contar mais verdades..."

Amanhecia. Era possível senti-lo através das venezianas fechadas da porta. Hesitante, apesar de sua intensidade, o amanhecer dourado de verão irrompia vitorioso por entre as raras fendas, e os primeiros rumores das ruas parisienses já eram ouvidos, sobretudo o júbilo alvoroçado dos pássaros matinais. Nós todos guardamos silêncio. Nossos copos tinham sido esvaziados havia algum tempo. De repente, ouvimos alguns golpes duros e secos nas venezianas fechadas. "É ela!", exclamou Golubtchik, nosso "assassino"... e, um segundo depois, havia desaparecido, escondendo-se debaixo da mesa.

O dono do Tari-Bari foi até a porta e a abriu. Introduziu – e seu gesto nos pareceu durar uma eternidade – uma grande chave giratória na fechadura, e a veneziana de metal começou a subir lenta e ruidosamente. O novo dia penetrou impetuoso e triunfal na nossa madrugada tresnoitada. Com ainda mais determinação do que o dia, uma mulher idosa e seca adentrou o local, parecendo mais um grande pássaro descarnado do que propriamente uma mulher. Um véu preto, bastante fino e curto, fixado sem graça na borda esquerda de um chapeuzinho ridículo, tentava em vão esconder uma cicatriz feia e profunda acima do olho esquerdo. Com uma voz estridente, perguntou: "Onde está meu Golubtchik? Está aqui? Onde ele está?", assustou-nos a todos de tal modo que, mesmo que quiséssemos, não teríamos sido capazes de lhe contar a verdade. Ela ainda lançou alguns olhares sinistros e ágeis, mais típicos de um pássaro do que de um ser humano, e desapareceu.

Depois de algum tempo, Golubtchik saiu rastejando por debaixo da mesa.

"Ela foi embora!", disse aliviado. "Essa é Lutetia." E logo a seguir: "Até a próxima, meus amigos! Até amanhã à noite!". Com ele, o motorista também saiu. Do lado de fora, o primeiro cliente já esperava. Impaciente, tocou a buzina.

* * *

O proprietário e eu ficamos sozinhos. "Que histórias podem ser ouvidas em seu estabelecimento!", disse eu.

"Muito comuns, muito comuns", replicou. "Existe alguma coisa estranha na vida? Sua missão é compartilhar as histórias mais normais. Espero que essa não impeça o senhor de voltar, certo?"

"É claro que não!", assegurei.

Ao dizer estas palavras, também estava convencido de que voltaria a ver mais de uma vez o dono e seu restaurante, o assassino Golubtchik e todos os outros clientes. E saí.

O proprietário achou necessário me acompanhar até o limiar da porta. Parecia ainda acalentar certas dúvidas sobre minha intenção de continuar frequentando, como antes, seu restaurante. "Certeza de que virá outra vez?", insistiu. "Mas é claro!", eu disse. "Sabe que moro bem em frente ao senhor, no Hotel des Fleurs Vertes!" "Eu sei, eu sei", falou, "mas de repente tive a impressão de que o senhor havia se mudado para longe."

Embora essas palavras inesperadas não me assustassem, causaram em mim uma forte impressão. Senti que elas continham uma grande verdade, uma verdade velada somente a mim. O fato de que, depois de uma noite dessas, o dono do Tari-Bari acompanhasse um velho cliente até a porta não passava de uma cortesia convencional. Entretanto, seu gesto tinha algo de solene e insólito, eu quase diria: espontaneamente solene. Os primeiros coches de Les Halles já voltavam, rodando animados, enquanto os cocheiros, esgotados pelo trabalho noturno, dormiam em seus assentos, e até as bridas pareciam adormecidas em suas mãos sonolentas. Um melro aproximou-se com confiança, saltitante, até ficar quase junto aos grandes e flácidos sapatos de feltro do dono do restaurante. Parou ao nosso lado, muito calmo e absorto em pensamentos, como se nossa conversa lhe interessasse. Toda sorte de rumores matinais despertava. Portas que se abriam rangendo, janelas que tremiam suavemente, vassouras que rastejavam com força riscando os paralelepípedos. De algum lugar, veio a lamúria de uma criança que devia ter sido arrancada do sono abruptamente. "É uma manhã como qualquer outra", disse a mim mesmo. "Uma manhã comum de verão em Paris!" E falei em voz alta ao dono do Tari-Bari: "Mas nem penso em me mudar! Nem me havia ocorrido!". Acabei deixando escapar uma gargalhada rápida e hesitante...

que deveria ter sido mais forte e assertiva; mas foi assim que saiu, lamentavelmente: uma verdadeira gargalhada abortada...

"Bem, então até a próxima!", despediu-se o proprietário, e apertei sua mão macia e gorda, de consistência caseosa. Não me virei para vê-lo. Mas senti que ele havia retornado ao restaurante. Minha intenção era, é claro, atravessar a rua e chegar ao meu hotel. Mas não foi o que fiz. Parecia-me que a manhã ainda convidava a um passeio e que seria descabido, quando não muito feio, ficar trancafiado em um quarto miserável de hotel a uma hora impossível de se qualificar como cedo demais ou tarde demais. Já não era madrugada, mas a manhã só começava. Decidi dar algumas voltas no quarteirão.

Não sei por quanto tempo estive caminhando. Quando finalmente cheguei ao hotel, não guardava em minha memória, daquele passeio matinal, nada mais do que alguns sinos, que também não contei, todos vindos de igrejas desconhecidas. O sol já batia forte no corredor. Meu anfitrião, em mangas de camisa cor-de-rosa, dava a impressão de transpirar naquela hora tanto quanto, normalmente, costumava fazê-lo apenas ao meio-dia. De qualquer forma, e embora ele estivesse ocioso naquele exato momento, parecia muito ocupado. Eu soube imediatamente por quê.

"Enfim, um hóspede!", celebrou o anfitrião apontando para as três malas que ele havia empilhado ao lado de sua mesa. "Só de olhar para as malas", prosseguiu, "já dá para perceber o tipo de hóspede que ele é!" Observei a bagagem. Eram três grandes malas amarelas de couro de porco, cujas fechaduras de metal brilhavam como bocas douradas, misteriosas e herméticas. Acima de cada uma das fechaduras estavam gravadas em letras vermelho-sangue, as iniciais "J. L.".

"Dei a ele o quarto 12", informou o senhorio. "Bem ao seu lado. Eu sempre coloco os hóspedes distintos juntos." E deu-me minha chave.

Fiquei um momento com ela na mão, depois a devolvi. "Eu gostaria de tomar um café lá embaixo", eu disse. "Estou cansado demais para subir agora!"

Tomei meu café na escrivaninha minúscula, entre um tinteiro totalmente seco e uma floreira de faiança com violetas de celuloide que me lembravam o Dia de Finados.

De repente, a porta de vidro se abriu e entrou, bailando, um homem muito elegante. Curiosamente, exalava um perfume de violetas tão intenso que, por um momento, pensei que as violetas de celuloide haviam recobrado vida na floreira de faiança. A cada passo, o pé esquerdo daquele senhor – pude ver com clareza – executava uma curva graciosa. Ele vestia uma roupa estival cinza-pérola, e tudo parecia envolto em um verão prateado. Uma linha no meio dividia com cuidado seus cabelos, de um preto-azulado tão brilhante que pareciam ter sido alisados não por um pente, mas por uma língua.

Ele acenou-me com a cabeça, amigável e reservado.

"Também quero um café!", exclamou pela porta, que ele deixara aberta, dirigindo-se ao nosso anfitrião.

Esse "também" me irritou.

Trouxeram-lhe o café, que ele mexeu muito, muito tempo com sua colher.

Eu estava prestes a me levantar, quando ele começou, com uma voz que soava como veludo e flauta, como uma flauta de veludo: "O senhor também é estrangeiro, certo?".

Sua interpelação ecoou em meus ouvidos. Lembrei-me de ter ouvido essa mesma pergunta naquele dia... ou fora na véspera? Sim, sim! O assassino Golubtchik a havia mencionado, sem dúvida, na noite anterior... ou talvez não tivesse sido formulada exatamente assim. Ao mesmo tempo, lembrei-me do nome "Jenö Lakatos", e vi as iniciais cor de sangue nas malas amarelas: "J. L.".

Em vez de responder ao senhor, perguntei-lhe: "Quanto tempo pretende ficar aqui?".

"Oh, tenho tempo de sobra!", respondeu ele. "Disponho de todo meu tempo!"

O dono do hotel entrou com um formulário de registro vazio e pediu ao novo hóspede para preencher seu nome. "Escreva", orientei-o sem que ele tivesse me perguntado nada, num ataque de grosseria que não consigo me explicar até hoje, "no campo 'sobrenome': 'Lakatos'; no campo 'prenome': 'Jenö'." Então me levantei, fiz uma reverência e fui embora.

Naquele mesmo dia, deixei meu quarto na *rue* des Quatre Vents. Nunca mais vi Golubtchik nem nenhum dos homens que ouviram sua história.

tipologia Abril
papel Pólen Soft 80g/m3
impresso pela gráfica Loyola para a Mundaréu
São Paulo, julho de 2020.